100文言文經典名句+15修辭技巧

精華版

彭筠蓁　著

◆ 東吳中文研究所畢業

◆ 慈幼工商國文科教師

五南圖書出版公司 印行

推荐序

聚沙成塔，積土成山

不積跬步，無以至千里；不積小流，無以成江海

全世界的華文熱正如火如荼般沸騰，相較於大陸地區，臺灣使用的是正體字，對於古詩文的學習，占盡文字之便利。我們居於主場優勢，更不能錯失了大好機會，該好好栽培年輕孩子紮實的文學根基，徹底發揚華語文深度的精髓，讓中華文化光彩煥發，也讓中華民國穩居華文界的牛耳地位。

目前，由於國內專家學者的呼籲及升學考試的引導，國人學習國語文變得相當用心。不論教師、家長，都明白語文學習是孩子開啟其他學科領域的唯一鑰匙，所以全力耕耘語文教育，希望栽培孩子的基礎能力，讓孩子能深入知識殿堂。但是，中華文學浩似煙海，優秀作品多如牛毛，常讓一般人不知從何尋得入門途徑而相當困惑。

有鑑於此，五南圖書出版公司出版了「精華版」的作文書系，藉由每日一句的少量多餐學習法則，逐步充實孩子的文化知識。每日一句的學習，可減低孩子的課業壓力，卻又對青少年語文程度的提升，有潛移默化功效。根據許多教師在教學現場的經驗，證明天天少量學習，會比大量灌輸，卻一曝十寒的學習方式，有效得多。因此，青少年不妨利用每日的十分鐘，閱讀一則，假以時日，必能顯現成效。

古人說：「聚沙成塔，積土成山。」在知識的範疇，天天儲蓄名言佳句，對於學養的豐富程度，必有提升作用。青少年多利用年輕歲月，累積文材、涵養於文學天地，當著手為文，才能從容有餘，成就精采文章。詩聖杜甫說：「讀書破萬卷，下筆如有神。」正是這個道理。

此作文書系內容包含：成語、古詩、古文，取材相當廣博，能夠由淺而深，循序漸進地引導青少年走入文學殿堂。書中還藉由閱讀的詩文，導入寫作領域的策略，讓青少年讀者能夠借鏡詩文創作的材料，寫出自己的獨創作品，這是相當有建設性的學習方式。

作文書系看似簡約，其實讀來並不容易。切莫貪多務得，想要一步登天，而應該持之以恆地閱讀，堅持每日一篇，以時間換取融會貫通的理解。並且配合引導，動手寫作，將學習所得消化後，化為自己的作品。

讀書學習的過程是艱辛的，但是，艱辛的學習，必然帶來歡笑的收割。讀書學習的過程是緩慢的，但是，緩慢的學習，必然帶來踏實有成的果實。想要擁有一枝彩筆，不是等待神仙賜予，而該以自己的努力換取。荀子說：「不積跬步，無以至千里；不積小流，無以成江海。」是的，只要能每日撥出十分鐘，專注閱讀，又能認真寫作，相信累積時日，語文功力必然令人刮目相看，出口成章，寫作非凡成績。

國立台北教育大學語文與創作學系教授
孫劍秋

一○○年四月二十八日

編輯的話

每日一句輕鬆學，豐富寫作的詞藻！

宋朝大文豪歐陽脩曾對文士說：「文貴三多。」即看讀多、持論多、著述多，也就是多讀後，才能多背；多背後，才能多寫；多寫後，才能更明白如何去讀。然而，大多數的學子寫作文時，寫來寫去所運用的語詞都差不多，遣詞用字的貧乏度，令師長感到憂心忡忡。

雖然告訴他們，可以多讀多背成語、詩詞曲、文言文經典名句，但是，面對上千條的成語辭典、厚厚一本的唐詩宋詞元曲、之乎者也很難懂的《古文觀止》，拿起書來，比背負著大山過海還吃力，更遑論咀嚼其中精華，運用在寫作上了。

怎麼辦？有沒有其他簡單易懂的作文學習書，助學子一臂之力呢？有！為了減輕學子的負擔，能利用零碎時間，有效、輕鬆的培養作文能力，我們將廣受好評的「作文撇步」書系，進一步精心編製，汲取其精華，選錄出耳熟能詳的成語、膾炙人口的詩詞曲、流芳萬世的經典文言文，推出：220成語＋15修辭技巧〈精華版〉、150詩詞曲＋15修辭技巧〈精華版〉、100文言文經典名句＋15修辭技巧〈精華版〉。

編製這套書，是期望學子能善用「精華版」的優點，以每天學一句成語或詩詞曲或文言文，在沒有壓力下，效法歐陽脩的「三上」：枕上、廁上、馬上，把握等公車、搭捷運、睡覺前……的零碎時間學習，在不知不覺中，豐富寫作的詞藻，增強作文能力。

作文想亮眼，唯有多讀、多背、多寫。耳熟能詳的成語、膾炙人口的詩詞曲、流傳萬世的文言文，都是寫作時增加詞藻的好素材，若能適當的運用，文章自然吸睛！文采自然優美！

目錄

推荐序：聚沙成塔，積土成山……孫劍秋

編輯的話：每日一句輕鬆學，豐富寫作的詞藻！

文言文+作文題目目次……1～6

正　文……2～201

文言文+作文題目目次

小大之獄，雖不能察，必以情 → 假如我當上檢察官 …… 2

一鼓作氣，再而衰，三而竭 → 除夕前一天 …… 6

橘生淮南則為橘，生于淮北則為枳 → 啊！國三的那段歲月 …… 10

張袂成陰，揮汗成雨，比肩繼踵而在 → 我愛逛夜市 …… 14

終日不食，終夜不寢，以思，無益，不如學也 → 如果我不用去上學 …… 18

故天將降大任於是人也，必先苦其心志，勞其筋骨，餓其體膚 → 影響我深遠的一句話 …… 22

雖有天下易生之物也，一日暴之，十日寒之，未有能生者也→我種小盆栽的經驗 26
苛政猛於虎也→秦始皇死後的告白 30
君家所寡有者以義耳！竊以為君市義→「馮諼與孟嘗君」故事擴寫 34
見兔而顧犬，未為晚也；亡羊而補牢，未為遲也→只要不放棄，永遠來得及 38
夏蟲不可以語於冰者，篤於時也→無知的殺傷力 42
學不可以已。青，取之於藍，而青於藍；冰，水為之，而寒於水→快樂的學習 46
故不積跬步，無以至千里；不積小流，無以成江海→一塊錢的故事 50
蓬生痲中，不扶而直。白沙在涅，與之俱黑→交友的重要 54
泰山不讓土壤，故能成其大→泰山與泥土 58

大行不顧細謹，大禮不辭小讓 ➡ 如果我是楚霸王項羽 62
此鳥不飛則已，一飛沖天；不鳴則已，一鳴驚人 ➡ 我就是那匹黑馬 66
愛施者仁之端也；取予者義之符也 ➡ 快樂的給予 70
福之為禍，禍之為福，化不可極，深不可測也 ➡ 那場午後的雷陣雨 74
親賢臣，遠小人，此先漢所以興隆也；
親小人，遠賢臣，此後漢所以傾頹也 ➡ 我對小人的看法 78
仰觀宇宙之大，俯察品類之盛，所以游目騁懷，
足以極視聽之娛，信可樂也 ➡ 宇宙中快樂自在的我 82
土地平曠，屋舍儼然，有良田美池桑竹之屬；
阡陌交通，雞犬相聞 ➡ 夢境裡美麗的桃花源 86
閑靜少言，不慕榮利。好讀書，不求甚解；
每有會意，便欣然忘食 ➡ 我最欣賞的歷史人物 90

環堵蕭然，不蔽風日，短褐穿結，簞瓢屢空，晏如也→知足才能快樂 94
黯然銷魂者，唯別而已矣→思念是一條長長的河 98
鳶飛唳天者，望峰息心；經綸世務者，窺谷忘返→歷史人物的啟示 102
是以與善人居，如入芝蘭之室，久而自芳也；與惡人居，如入鮑魚之肆，久而自臭也→論良友與損友 106
菩提本非樹，明鏡亦非臺，本來無一物，何處惹塵埃→一則潔癖的故事 110
陽春召我以煙景，大塊假我以文章→○○一遊 114
古之學者必有師。師者，所以傳道、受業、解惑也→我最敬愛的老師 118
夫大木為杗，細木為桷→努力發揮自己的長處 122
小人之好議論，不樂成人之美→多一點鼓勵，少一點批評 126

山不在高，有仙則名；水不在深，有龍則靈 → 我的書房 130
禮之大本，以防亂也 → 我對「禮」的看法 134
其本欲舒，其培欲平，其土欲故，其築欲密 → 我與〇〇 138
皓月千里，浮光躍金，靜影沉璧 → 印象深刻的一個夢 142
小人無朋，惟君子則有之 → 論「小人無朋，惟君子則有之」 146
四時之景不同，而樂亦無窮也 → 我愛春夏秋冬 150
其色慘淡，煙霏雲斂 → 秋天的故事 154
泰山崩於前而色不變，麋鹿興於左而目不瞬 → 真正勇敢的人 158
出淤泥而不染，濯清漣而不妖 → 蓮花與玫瑰的故事 162
中通外直，不蔓不枝，香遠益清，亭亭淨植 → 我最喜歡的花 166

夫雞鳴狗盜之出其門，此士之所以不至也 → 我對孟嘗君的食客的看法 170
其受之天也，賢於材人遠矣。卒之為眾人，則其受於人者不至也 → 努力比天才重要 174
凡物皆有可觀。苟有可觀，皆有可樂，非必怪奇偉麗者也 → 如何才能快樂 178
日之與鐘、籥亦遠矣，而眇者不知其異，以其未嘗見而求之人也 → 我心目中正確的讀書方法 182
故凡不學而務求道，皆北方之學沒者也 → 學習不能好高騖遠 186
逝者如斯，而未嘗往也；盈虛者如彼，而卒莫消長也 → 放開手才能擁有更多 190
外實而內虛，煙多而焰少 → 秀才買材故事擴寫 194
金玉其外，敗絮其中 → 賣柑者言故事擴寫 198

小大之獄[1]，雖不能察[2]，必以情[3]

原文節錄

十年春，齊師伐我。公將戰。曹劌請見。其鄉人（鄉人：指同鄉的朋友）曰：「肉食者（指魚肉鄉民的大官）鄙（比喻目光短淺）謀之，又何間（間：音ㄐㄧㄢˋ，參與）焉？」劌曰：「肉食者鄙，未能遠謀。」乃入見。問：「何以戰？」公曰：「衣食所安，弗敢專（專：獨自享用）也，必以分人。」對曰：「小惠未徧，民弗從（從：跟從）也。」公曰：「犧牲玉

解釋

1. 獄：指訟案。
2. 察：調查了解。
3. 情：常情，事物的一般道理。

譯文

對於大大小小的訴訟案件，我雖然無法完全做到明察秋毫的地步，但是絕對會合情合理的處理。

帛，弗敢加也，必以信。」對曰：「小信未孚（孚：使人信服），神弗福也。」公曰：「小大之獄，雖不能察，必以情。」對曰：「忠之屬也，可以一戰。戰則請從。」

（春秋魯國．左丘明／《左傳》曹劌論戰）

典源

春秋時代，齊國率軍隊攻打魯國，君王魯莊公準備迎戰。曹劌獲悉，便請求進見。他直言問魯莊公憑什麼條件迎戰，魯莊公與曹劌一問一答後，最後說：「大小之獄，雖不能察，必以情。」曹劌聽了，十分滿意，便毛遂自荐，自願要隨同魯莊公上戰場。兩軍作戰時，曹劌等齊國擊三次鼓後，才請魯莊公下令攻打。

範文

假如我當上檢察官

起頭技巧：如果假設法

假如我當上檢察官，我要有包青天廉潔公正的精神；假如我當上檢察官，我要有福爾摩斯鍥而不捨的毅力；假如我當上檢察官，我要有武松打虎的勇氣。

身為檢察官的我，要以廉潔公正的精神來處理案件；要以鍥而不捨的毅力來查明真相；要以武松打虎的勇氣來擊垮壞人。秉著「小大之獄，雖不能察，必以情」的態度，為受害者申冤。絕不讓清白的人在染缸裡無助的吶喊；絕不讓邪惡的狼披上人模人樣的假皮。我要伸出正義凜然的

作文撇步

「假如我當上檢察官，我要有包青天廉潔公正的精神；假如我當上檢察官，我要有福爾摩斯鍥而不捨的毅力；假如我當上檢察官，我要有武松打虎的勇氣」、「要以廉潔公正的精神來處理案件；要以鍥而不捨的毅力來查明真相；要以武松打虎的勇氣來擊垮壞人」，上述兩段屬「排比修辭」法。「清白的人在染缸裡無助的吶喊」、「邪惡的狼披

雙手，將被推入染缸裡的受害者拉上來，還給他清白的人格；我要伸出無懼無畏的雙手，將披上人皮的惡狼揪出來，讓他俯首認罪。

雖然鏟奸除惡是我們檢察官的責任，卻絕不能抱著幸災樂禍的心理。《論語》中說：「如得其情，則哀矜而勿喜」，我們逮捕壞人，為的不是要判嚴厲的刑罰，而是要協助迷途羔羊走上正確的道路，不要在錯誤的小徑裡直打轉。

此外，我也要發揮大愛的精神，幫助受害者走出悲情，遠離傷痛。有句話說：「只要你心存愛，恨就會無所遁形。」與其活在悲觀的泥淖裡自我沉淪，不如大步踩在樂觀的步道中披荊斬棘。

假如我當上檢察官，我一定會努力實現自己的理想。

上人模人樣的假皮」、「協助迷途羔羊走上正確的道路，不要在錯誤的小徑裡直打轉」，是運用「轉化修辭」法。「活在悲觀的泥淖裡自我沉淪」對比「大步踩在樂觀的步道中披荊斬棘」，為「映襯修辭」法中的「對襯」。

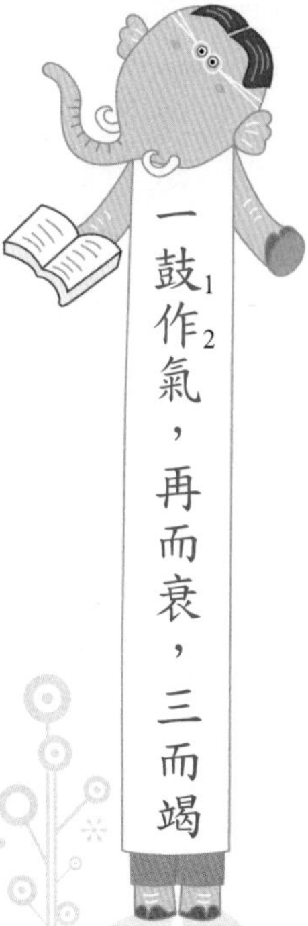

一鼓[1]作[2]氣，再而衰，三而竭

原文節錄

既克（克：戰勝），公（指魯莊公）問其（其：指曹劌）故（故：原因）。對曰：「夫戰，勇氣也，一鼓作氣（比喻趁士氣旺盛時一舉成事，或鼓足幹勁，不畏懼的往前衝），再而衰（衰：衰退；減退），三而竭（竭：窮盡），彼竭我盈（敵人的勇氣已經消耗光了，而我方士兵的勇氣正旺盛），故克之。夫大國難測（難測：難以捉摸）也，懼有伏（伏：埋伏）焉（表示停頓

解釋

1. 鼓：敲擊戰鼓。
2. 作：振作。形容趁氣勢強盛時全力去做，才容易成功。

譯文

第一次敲戰鼓，最能振作士兵作戰的勇氣，第二次敲戰鼓，士兵的勇氣就稍減弱，到了第三次，士兵的勇氣已經全消耗殆盡了。

的語氣，無義，常用於句尾）。吾視其轍亂（轍亂：戰車的車輪痕跡很凌亂），望其旗靡（靡：倒下來），故逐（逐：追擊）之。」

（春秋魯國．左丘明／《左傳》曹劌論戰）

典源

春秋時代，齊國攻打魯國，魯莊公和軍師曹劌率領軍隊奮勇抵抗。剛開始，魯軍僅觀望而已，並無動靜，等到齊軍連續擊三次鼓後，才下令士兵擊鼓，結果，魯國軍隊氣勢高昂，殺得齊軍落敗逃走。這時，曹劌仔細的觀察地面，又瞭望齊軍敗走時的情況後，才請魯莊公下令追擊。果然，士兵個個奮勇殺敵，打了一場漂亮的勝仗。

範文

除夕前一天

起頭技巧：往事回憶法

記憶中，除夕前一天是手忙腳亂的，是汗水直流的，是腰痠背疼的。手忙腳亂是因為須要打掃的項目不勝枚舉；汗水直流是因為要刷遍家裡所有的窗戶；腰痠背疼是因為多日勞累，筋骨向我嚴重抗議。

每每月姑娘還沒下班，仍披著綴滿晨星的黑紗，溫柔的守護著大地，爸媽卻已開著小貨車到市場賣菜，我和姊姊也被課業追著跑，壓根就無視家裡的灰塵愈來愈肥壯、衣櫥愈來愈蓬頭垢面、廚房流理臺愈來愈油油膩膩……

作文撇步

「是手忙腳亂的，是汗水直流的，是腰痠背疼的」、「手忙腳亂是因為須要打掃的項目不勝枚舉；汗水直流是因為要刷遍家裡所有的窗戶；腰痠背疼是因為多日勞累，筋骨向我嚴重抗議」，上述兩段話均屬「排比修辭」法。「筋骨向我嚴重抗議」、「每每月姑娘還沒下班，仍披著綴滿晨星的黑紗」，這兩句是應用「轉化修辭」法中的「擬物為除夕前一天，爸媽仍在市場和討價聲、喧鬧聲、麥克風聲……奮戰時，我和姊姊只好「兩肩」扛起大掃除的重責大任。首先，從衣櫥開始整理，那些一直都散落於五斗櫃、壁勾上的衣服，我們一件件的掛入衣櫥，或折疊好放進抽屜……

「衣櫥變身」第一戰告捷，接下來是洗窗戶，所謂「一鼓作氣，再而衰，三而竭」，我們乘勝追擊，埋首於灰塵、汗水、抹布中。一小時又一小時的過去，家裡慢慢有了轉變，灰塵不翼而飛，玻璃亮可鑑人，流理臺光滑無比。

每年除夕前一天雖充滿了忙亂、汗水、痠疼，卻充滿了成就感，身為家裡的一份子，能為家庭盡力，是多麼幸福呀！你說，對不對呢？

人」。「家裡的灰塵愈來愈肥壯、衣櫥愈來愈蓬頭垢面、廚房流理臺愈來愈油油膩膩……」，「愈來愈」一詞連續隔句使用，是「類疊修辭」法中的「類字」，凡「類字」必屬「排比」。

橘生淮南則為橘，生于淮北則為枳[1]

原文節錄

晏子（即晏嬰，春秋齊國人，是政治家、思想家、外交家，雖貌不出眾，但能言善辨、足智多謀，史稱晏平仲，後人尊稱為晏子。）避席（離開坐席）對曰：「嬰聞之，橘生淮南則為橘，生於淮北則為枳（比喻人的品性會因環境的差異而改變），葉徒相似，其實味不同。所以然者何（然者何：為什麼會這樣子呢），水土異（異：不同）也。今民生長於齊不盜，入楚則盜，

解釋

1. 枳：音ㄓˇ，是一種落葉灌木，果實味酸，可作藥材，也叫枸橘。

譯文

橘子生長在南方，會結出味甘的果實，叫橘子；相反的，若栽種在北方，卻結出味酸的果實，叫枳。

典源

齊國有個人叫晏子，有一

得無楚之水土使民善盜耶？」王笑曰：「聖人非所與熙（熙：通「嬉」，嬉戲。是不能向聖人開玩笑的）也，寡人反取病（寡人反被你取笑。病：恥辱；以為羞辱）焉（語末助詞，無義，有加強語氣等作用）。」

（春秋齊國．晏子／《晏子春秋》內篇雜下）

天，他來到楚國，楚王和大臣想戲弄晏子，讓他下不了台。當天，酒席正進行時，楚國的官員帶了一個從齊國來楚地居住的人，因犯了強盜罪，被拘捕。楚王問晏子：「齊國人都愛當強盜嗎？」機智的晏子當然知道這是在羞辱他，便回答：「橘生淮南則為橘，生于淮北則為枳」，藉以此道理反諷楚王。

範文

啊！國三的那段歲月

起頭技巧：顛倒順序法

曾經是老師眼中「不可救藥」的我，如今卻脫胎換骨，以跌破眾人眼鏡的成績考上社區高中。為什麼會有如此戲劇化的轉變呢？這一切都得歸功於同學的規勸，規勸沉浸在線上遊戲的我遠離虛擬空間。

「不玩線上遊戲？」怎麼可能！古人說：「橘生淮南則為橘，生于淮北則為枳」，那虛擬空間正是淮南地區，身為橘的我，當然在那裡才能一展長才呀！縱然在虛擬空間我是英雄，無奈每次發考卷，我都得高唱「滿江紅」。對於老師

作文撇步

起文先寫已經考上高中，再倒回描述自己的蛻變過程，是採時間回溯的寫法。「以跌破眾人眼鏡的成績考上社區高中」，是將出乎意料的程度加以誇大，為「誇飾修辭」法。「歸功於同學的規勸，規勸沉浸在線上遊戲的我遠離虛擬空間」，「規勸」在第一句句末，又在第二句句首，這種修辭法叫「頂真修辭」法。「『滿江紅』」一詞是「借

的苦口婆心，我執意的封住自己的耳朵；對於父母憂戚的神色，我執意的摀住自己的雙眼。

「我們約好一起上社區高中，好不好？」隔壁的阿國一臉認真的說。「你只要拿出玩線上遊戲的實力，絕對可以考的上。」坐在後頭的小志頻頻附和。頓時，我感到一絲絲暖流環繞著自己。我囁囁嚅嚅的說：「哪考得上？」「當然可以。」那堅定的聲音像是被敲得咚咚咚響的鼓，打掉了我的沉淪，打出了我的鬥志。「好！一起上社區高中。」我像宣讀誓言般堅定。

國三的歲月雖因考試充滿了苦，卻也因同學的鼓勵充滿了甜，這段有苦有甜的歲月，將是我記憶檔案裡最珍貴的回憶……

代」，實指成績不及格。「老師的苦口婆心，我執意的封住自己的耳朵；對於父母憂戚的神色，我執意的摀住自己的雙眼」，為「排比修辭」法。

「將是我記憶檔案裡最珍貴的回憶」，是「轉化修辭」法中的「擬虛為實」，把抽象的回憶形象化。

張袂[1]成陰，揮汗成雨，比肩繼踵[2]而在

原文節錄

見楚王。王曰：「齊無人耶，使（動詞，派遣）子為使（名詞，使者）？」晏子對曰：「齊之臨淄（臨淄：齊國首都，故址位於現今山東省淄博市）三百閭（閭：音ㄌㄩˊ，民戶聚居的地方；里巷），張袂成陰（展開袖子就能夠遮掩天日，成了陰天），揮汗成雨（每人揮一揮汗，那汗水多的就像在下雨），比肩繼踵而在，何為無人！」王曰：「然則何為使子？（既然如此，

解釋

1. 張袂：展開袖子。袂，音ㄇㄟˋ，袖子。
2. 比肩繼踵：形容人多擁擠的樣子。比，音ㄅㄧˋ，挨著。

譯文

每人展開袖子，就能遮蔽天空，頓時變成陰天；每人揮一揮汗水，那汗水多的就像在下雨；走在路上，行人的肩膀挨著肩膀，腳後跟緊接著腳後跟。

為什麼會派你為使者呢？）」晏子對曰：「齊命使，各有所主（指齊國的使者各有各的出使國家）。其賢者使使賢主（賢明的人就派遣他去拜訪賢明的君王），不肖（不賢能）者使使不肖主。嬰最不肖，故宜（宜：合適）使楚矣！」

（春秋齊國．晏子／《晏子春秋》內篇雜下）

典源

齊國的大夫晏子奉命去訪問楚國。楚王一見到矮小的晏子，就嘲笑齊國八成沒有人才，所以才會派他出來。晏子解釋齊國土地大，人才多，能「張袂成陰，揮汗成雨」。楚王反問：「那為什麼派你來楚國呢？」晏子說：「因為我最不賢能，所以適合來拜訪楚國。」

範文

我愛逛夜市

起頭技巧：建立疑問法

你愛逛夜市嗎？愛那香味四溢的烤香腸；愛那物美價廉的地攤貨；愛那沁涼直達心底的銼冰……夜市，真是個充滿幸福、溫馨的地方呀！

我們一家個個是忠實的夜市迷，每每到週休二日，月姑娘開始值班，星星眨著好奇的眼睛瞧著大地，就是我們家逛夜市的最佳時刻。因為地緣的關係，我們偏愛逛師大夜市。小小的夜市卻有數不盡的商品，挖不盡的寶藏，真正是「麻雀雖小，五臟俱全」。夜市裡，人潮如流水席捲著我們，那盛況足足可以用「張袂成陰，揮汗成雨，

作文撇步

「愛那香味四溢的烤香腸；愛那物美價廉的地攤貨；愛那沁涼直達心底的銼冰……」，是「類疊修辭」法中的「類字」，凡「類字」必屬「排比」。「月姑娘開始值班，星星眨著好奇的眼睛瞧著大地」、「堆積如山高的銼冰，正和紅豆、牛奶、芒果跳起貼身舞」，這兩句是運用「轉化修辭」法中的「擬物為人」，也就是把無生命的事物

比肩繼踵而在」來描摹。我有時還懷疑，是不是全台北市的人都來逛師大夜市，否則怎麼會如此擁擠？

辣味花枝羹是我和媽媽的最愛，中藥當歸麵線是爸爸必點的佳肴，至於妹妹則不放過可麗餅，即使那排隊的人潮宛如一條長龍，她也勢在必得。填飽了肚子，當然要來點冰品解饞，瞧！堆積如山高的銼冰，正和紅豆、牛奶、芒果跳起貼身舞，那滋味真是教人感到幸福呀！

在地攤裡尋寶，是我們家逛夜市的壓軸戲，充滿設計味的棉T、精緻可愛的化妝包、具個人風格的皮件雕飾等等，讓人看得眼花撩亂，愛不釋手。

你愛逛夜市嗎？說不定哪天我們會相遇唷！

當作人來描述。「小小的夜市卻有數不盡的商品」一句，是「映襯修辭」法中的「反襯」，屬矛盾句法，也就是一句話同時出現兩種意義相反的語詞。「人潮如流水」、「排隊的人潮宛如一條長龍」，這兩句是「譬喻修辭」法中的「明喻」，句中常會出現「如、若、像、如同、猶如、宛如、好比」等詞。

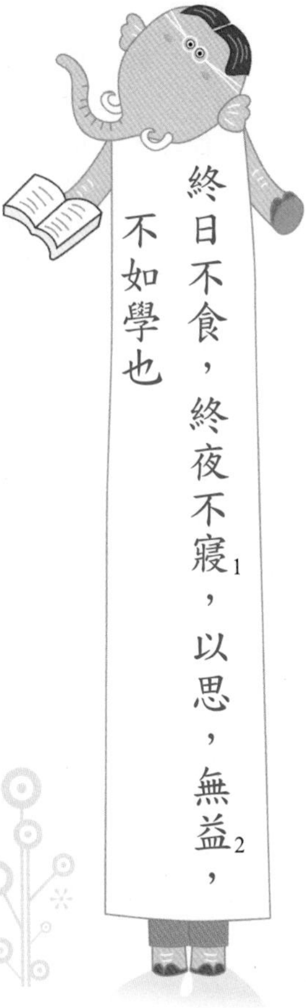

終日不食，終夜不寢[1]，以思，無益[2]，不如學也

原文

子曰：「吾嘗（嘗：曾經）終日不食，終夜不寢，以思，無益，不如學也。」

（春秋魯國．孔子／《論語》衛靈公篇）

解釋

1. 寢：睡覺。
2. 無益：沒有收穫。

譯文

我曾經整天不吃飯，整晚不睡覺，不停的在思考，卻絲毫沒有半點收穫。既然如此，還不如好好的去學習，還比較有用呀！

典源

有一天，孔子在課堂上，

對學生講解學習的重要。他以自己為例，表示曾經廢寢忘食的去思考問題，即使想破了腦袋瓜，卻沒有任何收穫。後來，孔子發現與其埋頭苦想，還不如去請教專家，從專家的闡釋中，學習方法、知識、道理。

一面學習一面思考，才能有所啟發呀！

範文

如果我不用去上學

起頭技巧：如果假設法

如果我不用去上學，會是什麼樣的狀況呢？想來好處是一籮筐呢！可以睡到自然醒，再也用不著那擾人清夢的鬧鐘；慢條斯理的吃早餐，再也不須要咬著三明治去趕公車；隨心所欲的上網、傳簡訊，再也聽不到老師喋喋不休的訓話。

如果我不用去上學，原來是這麼幸福的事情。今天睜開雙眼，發現自己真的可以不用上學。我可以自由自在的遨遊在時間的長流裡，如果想當偵探，可以在「福爾摩斯全集」裡找到破案的技巧；如果想成為饒舌歌手，可以在DVD裡揣摩

作文撇步

「再也用不著那擾人清夢的鬧鐘」、「再也不須要咬著三明治去趕公車」、「再也聽不到老師喋喋不休的訓話」，以上三句「再也」隔句連續使用，為「類疊修辭」法中的「類字」。「我可以自由自在的遨遊在時間的長流裡」，是應用「轉化修辭」的技巧。「如果想當偵探，可以在『福爾摩斯全集』裡找到破案的技巧；如果想成為饒舌歌手，可

練習；如果想烘焙愛心糕點，可以在料理節目裡學得撇步。

不用去上學的我，是時間的主人，時間必須聽我發號施令，多自在！多自由！

春天過去了，夏天彈指間也消逝，秋天才停留一會兒，冬天緊跟著呼號來了，我發現自己識的字愈來愈少，那天看武俠小說，竟然看不懂情節，原來孔子講「終日不食，終夜不寢，以思，無益，不如學也」，即是闡揚向專家學習的好處，如今我閉門學習，缺少老師的指導，終究沒有助益呀！

明天，我要早早起來，背著書包去上學，向老師請教功課，和同學切磋課業，再也不關在家裡「自休」了。

以在DVD裡揣摩練習；如果想烘焙愛心糕點，可以在料理節目裡學得撇步」，以上這段話用結構近似的複句，連續表達同個範圍的意思，使意思明暢、意味雋永，為「排比修辭」法中的「複句排比」。

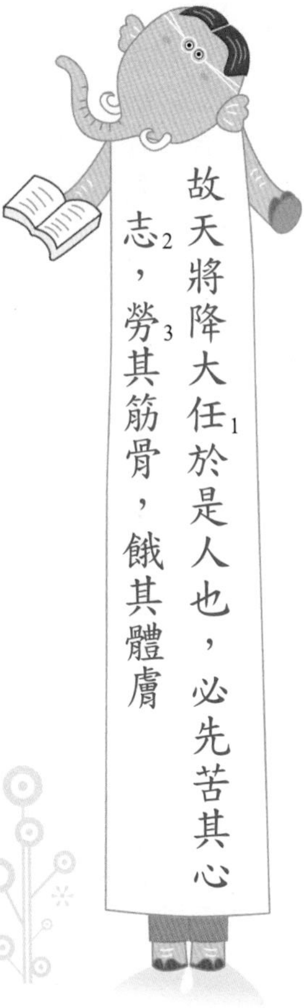

故天將降大任[1]於是人也，必先苦其心志[2]，勞[3]其筋骨，餓其體膚

原文節錄

舜發於畎畝（畎畝：音ㄑㄩㄢˇ ㄇㄨˇ，田地；田野）之中，傳說舉於版築（版築：兩種築土牆的工具）之間，膠鬲舉於魚鹽（魚鹽：指經營魚鹽的商人）之中，管夷吾舉於士（士：古代掌管刑獄的官吏），孫叔敖舉於海，百里奚舉於市（市：市集；市場）。故天將降大任於是人也，必先苦其心志，勞其筋骨，餓其體

解釋

1. 大任：重任。
2. 心志：意志；志氣。
3. 勞：使勞苦；使勞動。

譯文

當上天要把重任交付給某人時，一定會先使他的意志受到種種磨難，使他的筋骨受到勞累，使他的身體受到捱餓。

典源

商朝時，君王殷高宗很用

膚，空乏其身，行拂（拂：違逆；違背）亂其所為，所以動心忍性（忍性：堅忍其性情），曾（音ㄗㄥ，增加；增長，同「增」）益（益：表示程度進一步加深，相當於「更加」）其所不能。

（戰國・《孟子》／告子篇）

心治理國家，常常命臣子四處尋訪賢德的人，向他們請教政事。有一天晚上，殷高宗夢見有個人叫傅說，是國家的棟梁，他醒來後，立刻找人將自己夢見傅說的長相，仔細的雕刻出來。接著，他命人積極的尋找夢中人，終於在蓋房子的地方，找到有個水泥工叫傅說，正是殷高宗夢見的人。

果然，傅說當上宰相後，很認真的輔佐殷高宗，使得人民富足，國家強盛。

範文

影響我深遠的一句話

起頭技巧：實際舉例法

電視媒體不只一次報導，貧困孩童時常忍餓不吃早餐、繳不出午餐費等等，這些新聞在很多人眼裡，是看過即忘，然而，對我來說是熱鐵烙膚的親身體驗。

我出身在弱勢家庭，爸爸是年邁的老兵，媽媽早逝，這樣的環境讓我很自卑，每每怨天尤人，如果可以選擇，我一定要逃離媽媽的子宮，投胎到其他人家，這樣就可以早餐吃得飽飽的，午餐費準時繳交，晚餐有媽媽烹煮熱騰騰、香噴噴的佳肴。

作文撇步

本文先以社會新聞事件起頭，再緊扣主題述寫，本身經驗與新聞事件雷同，更能引起共鳴。「這些新聞在很多人眼裡，是看過即忘，然而，對我來說是熱鐵烙膚的親身體驗」，「看過即忘」對比「熱鐵烙膚」，屬「映襯修辭」法中的「對襯」，也就是將相反的兩種事物並列比較。「熱騰騰」、「香噴噴」中的「騰」和「噴」接連使用，屬「類疊無奈想像和抱怨是無法填飽肚子的，放學後，我得到附近的社區打包被丟棄的寶特瓶、舊報紙、舊衣服等等，好變賣些錢。不只一次，我身上穿的衣服竟然是同學丟棄的，那種難堪就像淋溼了卻沒有衣服可以換，冷得我打哆嗦。

那天上國文課，老師講到古聖人都是經過種種磨難，才有一番成就，孟子說：「故天將降大任於是人也，必先苦其心志，勞其筋骨，餓其體膚」，就是勉勵人要在苦中求上進，才能成為人上人。孟子的話讓我釋懷了，我把這句話抄下來，貼在家裡的牆壁上，勉勵自己。畢業後，我以優異的成績考上第一志願，這都得感謝孟子的那句話，那句話深深的影響我，使我掙開了自卑和抱怨的繩索，走出自己的路。

修辭」法中的「疊字」。「那種難堪就像淋溼了卻沒有衣服可以換，冷得我打哆嗦」，將難堪之情比擬作淋溼了沒衣服可換，是「譬喻修辭」的技巧。「使我掙開了自卑和抱怨的繩索」，是「轉化修辭」法中的「擬虛為實」，把抽象的自卑和抱怨化作有形的繩索，掙開其束縛。

雖有天下易生之物也，一日暴[1]之，十日寒之，未有能生者也

原文節錄

今夫弈（弈：音一ˋ，下圍棋）之為數（數：技巧；技藝），小數也，不專心致志（致志：一心一意；集中注意力）則不得（不得：不能得到）也。弈秋，通國之善弈者也，使弈秋誨（誨：音ㄏㄨㄟˋ，教導）二人弈：其一人專心致志，惟弈秋之為聽；一人雖聽之，一心以為有鴻鵠（鴻鵠：天鵝）將至，思援弓繳（繳：

解釋

1.暴：晒太陽，通「曝」。

譯文

雖然有天下最容易存活的生物，但若把它放在陽光下曝晒一天，接著又放在寒冷的地方十天，一定無法存活。

典源

戰國時齊宣王懶得用心治國，卻野心勃勃，想趁機吞併弱小的國家。他為了掩飾自己

ㄓㄨㄛˊ，一種生絲繩，常繫在射鳥用的箭上）而射之，雖與之俱（俱：都）學，弗（音ㄈㄨˊ，不）若之矣。為是其智弗若與？曰：『非然也。』」

（戰國・孟子／告子上）

的野心，就刻意找孟子來宣揚仁愛治國的學說，表示自己也是愛民的仁君。孟子早就看出齊宣王的用意，他便打個比方，表示如果大王把容易存活的生物放在陽光下曝晒一天，接著又放在寒冷的地方十天，像這樣一曝十寒，即使生命力再強韌，也沒辦法存活。孟子把朝廷中諂媚的臣子譬喻成「寒之者」，勸誡齊宣王遠離小人，用仁義治國。

範文

我種小盆栽的經驗

起頭技巧：建立疑問法

你種過小盆栽嗎？那天陪爸媽去花市，發現好多攤位都在販售小盆栽，有種植仙人掌、非洲堇、小雛菊、黃金葛等等。其中，有一盆植物長得好翠綠，她有個華麗的名字，叫「綠寶石」，那纖長的枝幹搭配鮮綠的葉子，令我愛不釋手。

返家的路上，車子裡多了幾位嘉賓，其中最嬌小的貴客是我邀約的，她就是——綠寶石。我小心翼翼的捧在手上，怕被其他盆栽壓斷了，那纖細的腰肢不正像古時趙飛燕的柳條腰嗎？所謂「楚腰纖細掌中輕」，我這嬌柔的綠寶石盆栽不

作文撇步

題目是「我種小盆栽的經驗」，若自己無這方面的經驗，不妨汲取他人的經驗，再將主詞改成第一人稱，同樣可以發揮。「其中最嬌小的貴客是我邀約的，她就是——綠寶石」，是應用「轉化修辭」法，將綠寶石盆栽比擬作貴客，把植物擬人化。「那纖細的腰肢不正像古時趙飛燕的柳條腰嗎」、「那綠寶石又冒出了幾片淺綠的嫩葉，像是靦腆

也有這種媚態？

幾天後，那綠寶石又冒出了幾片淺綠的嫩葉，像是靦腆微笑的美人。照顧這樣的嬌客，我哪捨得讓她晒太陽，偶爾晒個一小時，就心疼的拿進書房。讀書時，有書香，有茶香，有草香，香香入鼻，令我精神百倍。

暑假期間，我與同學相約去南部玩了半個月，不料，回來時卻發現綠寶石的葉子全塌了下來，都怪我忘記拿到陽臺，也忘記交代要澆水。我自信是「綠手指」，卻忘了「雖有天下易生之物也，一日暴之，十日寒之，未有能生者也」的道理，以致種死了那翠綠的小盆栽。

這次的經驗，讓我了解凡事要持之以恆，照顧植物也是如此，疏忽不得呀！

微笑的美人」，這兩句出現了「像……」，屬「譬喻修辭」法中的「明喻」。「有書香，有茶香，有草香」，「有」一字隔句連續出現，為「類疊修辭」法中的「類」字。「綠手指」是代稱，指很會栽種植物的人。

苛[1]政猛[2]於虎也

原文節錄

孔子過（過：路過，經過）泰山側（側：旁邊），有婦人哭於墓者而哀。夫子式（式：通「軾」。古時車前供乘車人扶著的橫木）而聽之，使子路問之曰：「子之哭也，壹（真是，實在）似重（重：音ㄔㄨㄥˊ，多次）有憂者。」而曰：「然！昔者吾舅死於虎，吾夫又死焉，今吾子又死焉。」夫子曰：「何為不去（去：離開）也？」曰：「無苛政。」夫子曰：「小

解釋

1. 苛：嚴厲煩瑣。
2. 猛：殘暴；凶殘。

譯文

苛煩的政令和繁重的賦役，其實比老虎還要殘暴。

典源

有一天，孔子路經泰山，瞧見有個婦人跪在墳墓旁，哭得滿臉都是淚痕。

孔子派學生子路上前詢問

子（古時老師對學生的稱呼）識（音ㄓˋ，記住；牢記）之，苛政猛於虎也。」

（《禮記》／苛政猛於虎）

對方，了解後，才知道婦人的公公、丈夫、兒子相繼被老虎咬死了，所以她忍不住悲從中來。孔子不解的問婦人為何不搬走，婦人認為當地雖有猛虎，卻沒有苛政，兩相比較之下，寧可選擇留下來。仁慈的孔子便叮嚀弟子牢記「苛政猛於虎」這句話，將來為官一定要造福百姓。

範文

秦始皇死後的告白

起頭技巧：故弄玄虛法

悠悠醒轉，我一身華服的躺著，觸目可極，是無盡的闃黑，無盡的幽暗……咦，這裡是皇宮嗎？或許眼睛已經適應黑暗的環境，可以依稀看見影像，我環視四周，盡是大臣、嬪妃、太監……英勇的士兵也層層護衛著。

啊——我想起來了，我已經死了，原來人難逃一死，那道士徐福根本就是個大騙子，說東海有「蓬萊仙島」，島上有不死仙藥，騙了我三千童男童女去尋找，結果一去不回。我真不甘心就這樣死了，我得回去，就算僅剩魂魄也得全力一

作文撇步

起頭先以秦始皇不知身置何處，以及一片漆黑來營造懸疑的氛圍。「是無盡的闃黑，是無盡的幽暗」，「是無盡」一詞隔句出現，屬「類疊修辭」法中的「類字」，凡「類字」必屬「排比」。「我環視四周，盡是大臣、嬪妃、太監……英勇的士兵也層層護衛著」，這句是以「視覺摹寫」來描述現場的景象。「原來人難逃一死」對比「島上有不死

拚。這趟遠行，我不要護衛跟隨，我要享受一人神遊的滋味……

咦，好多人！我仔細一瞧，原來是朝廷的軍隊。「那暴君終於死了，真是大快人心。」「古人說：『苛政猛於虎也』，那魔頭比猛虎還凶殘。」有兩個走在後頭的士兵悄悄的說話。

「暴君」？「魔頭」？人稱暴君、魔頭的我，人人痛罵是罄竹難書，我有機會再踏上輪迴之路嗎？如果自己的人生可以再來一次，我不再以暴治國，也不再苦苦煉仙丹，求不死之藥。我要學堯、舜、禹以仁道治國，帝位傳賢不傳子，但是，我還有機會嗎？我還有機會為自己的暴行贖罪嗎？

仙藥」，將兩種不同的情況並列比較，為「映襯修辭」中的「對襯」。「這趟遠行，我不要護衛跟隨，我要享受一人神遊的滋味……」，該句說死後的秦始皇喜歡一個人逍遙自在，厭惡一堆隨從跟著，意喻死後的他開始想改變，不再霸道、暴戾。「暴君」和「魔頭」二詞，都是用來指秦始皇，以這樣的譬喻來強調秦始皇以暴治國，人民非常痛恨。

君家[1]所寡[2]有者以義耳！竊[3]以為君市義[4]

原文節錄

臣竊計（計：打算；盤算），君宮中積珍寶，狗馬實外廄（廄：馬房），美人充下陳（下陳：古代殿堂下放置禮品或婢妾站立的地方）。君家所寡有者以義耳！竊以為君市義。孟嘗君問：「市（購買）義奈何（奈何：怎麼樣；如何）？」曰：「今君有區區（小，形容微不足道）之薛，不拊愛（拊愛：愛撫。拊：音ㄈㄨˇ，撫慰）子其民（即愛民如子，把人民當作是自己的

解釋

1. 君家：指孟嘗君的府上。
2. 寡：缺少。
3. 竊：私下。
4. 市義：買義。

譯文

您家裡缺少的就是義罷了！我私下為您買了義。

典源

戰國時期盛行養食客，有個叫孟嘗君的人，家裡也養了

孩子），**因而賈利之**（賈利之：像商人般向人民謀取利益）。**臣竊矯**（矯：音ㄐㄧㄠˇ，違背）**君命，以責**（責：音ㄓㄞˋ，同「債」，是「債」的古字）**賜民。因燒其券，民稱萬歲。乃臣所以為君市義也。」孟嘗君不說**（說：音ㄩㄝˋ，同「悅」，歡樂；喜悅），**曰：「諾**（音ㄋㄨㄛˋ，表示同意的答應聲。），**先生休矣。」**

（西漢・劉向／《戰國策》馮諼客孟嘗君）

很多食客。有一天，孟嘗君問食客們，誰願意為他去薛邑收債，其中有個人叫馮諼，自願去薛邑。臨走前，孟嘗君交代他，家裡缺少什麼，就順道買回來。第二天，馮諼兩手空空的回來，他告訴孟嘗君買了「義」回來。並表示他作主燒光了債券，減輕了薛邑百姓的負擔，大家都稱讚孟嘗君是有道義的人，這就是買「義」，將來可以增值呢！

範文

「馮諼與孟嘗君」故事擴寫

起頭技巧：實際舉例法

古時候的齊國，有位很有聲望的貴族叫孟嘗君，他的家裡養了三千多名食客，隨時可以為他效勞。這天，到了吃飯時間，有位叫馮諼的食客瞄了一下菜色，便彈著劍，唱起歌來：「劍呀！我們回去吧！這裡沒有魚肉可以吃。」孟嘗君知道後，便吩咐僕人，下次記得烹煮紅燒魚。又有一天，馮諼有事外出，他靠著柱子，彈著劍，又唱起歌來：「劍呀！我們回去吧！這裡沒有馬車可以坐。」僕人把這件事情告訴孟嘗君，結果，馮諼如願的有了專屬的馬車。

作文撇步

「有位叫馮諼的食客瞄了一下菜色，便彈著劍，唱起歌來」、「馮諼有事外出，他靠著柱子，彈著劍，又唱起歌來」，以上兩句是作者透過對事物的感受，加以形容描述，讓讀者產生鮮明的印象，這種寫法即是「視覺摹寫」。「孟嘗君嚇得眼球都快掉出來」，這句是應用「誇飾修辭」法中的「誇大」，強調孟嘗君驚嚇的程度，帶有詼諧的效果。

有一天，孟嘗君問有誰能替他去薛地收田稅，馮諼表示願意跑一趟。其實孟嘗君不太樂意，卻礙於拒絕會傷了他的自尊心，只好點頭答應，同時吩咐他家裡缺什麼，就順道買回來。

不可思議的是，第二天，馮諼哼著歌，兩手空空的回來，他炫耀的告訴孟嘗君：「君家所寡有者以義耳！竊以為君市義。」所以馮諼自作主張的燒光了債券，解決了農民生活的窘境，人人都稱讚孟嘗君很講義氣呢！

孟嘗君嚇得眼球都快掉出來，很後悔答應讓他去收田租，可是債券都燒光了，罵也沒有用。想不到過了幾年，孟嘗君被解除官位，失意的他來到了薛地，卻受到百姓熱誠的歡迎，孟嘗君這才明白什麼叫作「買義」。

「失意的他來到了薛地」對比「卻受到百姓熱誠的歡迎」，失意的人本來是不受歡迎的，但反受百姓熱烈歡迎，屬「映襯修辭」法中的「對襯」，突顯馮諼當時為孟嘗加買義一事，受到薛地百姓的認同和感激。

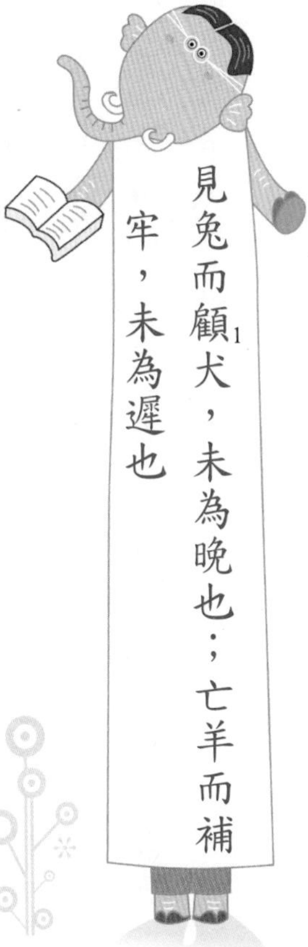

見兔而顧犬[1]，未為晚也；亡羊而補牢，未為遲也

原文節錄

「臣聞鄙語（鄙語：民間流行的俗語、諺語）曰：『見兔而顧犬，未為晚也；亡羊而補牢（比喻犯錯後若能及時悔改，還有補救的機會。牢：指羊圈。），未為遲也。』臣聞昔湯（湯：指商湯）、武（指周武王）以百裡昌（昌：昌盛；興盛），桀（指夏桀）、紂（指商紂）以天下亡。今楚國雖小（小：指國土面積小），絕

解釋

1. 顧：尋找。

譯文

見到了肥美的兔子，才趕緊找獵犬去追捕，還不算太晚；羊跑了才趕緊修補羊圈，也不算太遲。

典源

楚國有位賢能的人叫莊辛，他看見楚襄王不肯用心治理國事，便進宮向君王進諫，

長續短（形容以多的補少的），**猶**（仍舊）**以數**（數：音ㄕㄨˋ，幾，表示不定的少數）**千里**，**豈**（難道）**特**（只有）**百里哉**（哉：語氣助詞，表示反問）？」

（西漢・劉向／《戰國策》莊辛論幸臣）

卻惹得楚襄王很不高興。莊辛只好黯然離去。幾個月後，楚國被秦國打得落花流水，這時，楚襄王才派人請莊辛回國，問他有沒有挽回政局的辦法。莊辛回答：「見兔而顧犬，未為晚也；亡羊而補牢，未為遲也。只要大王遠離小人，用心治國，楚國還是有希望。」這次，楚襄王記取教訓，再也不敢嫌莊辛多管閒事。

範文

只要不放棄，永遠來得及

起頭技巧：人物對白法

你是否曾說：「來不及了！再拚也考不上理想學校。」你是否曾感嘆：「來不及了，人老了什麼都學不會。」你是否曾搖頭哭訴：「來不及了！我哪有辦法在一個月內瘦下來。」真的來不及嗎？不！其實來得及，只要你不放棄。

對！只要不放棄。所謂「見兔而顧犬，未為晚也；亡羊而補牢，未為遲也」，看見肥美的兔子就在眼前，你會怎麼做？身上沒戴獵槍，只好平白喪失好機會；還是立刻起身，回家帶獵狗追捕野兔。發現羊圈裡的羊群全跑光了，你會怎麼

作文撇步

「真的來不及嗎？不！其實來得及，只要你不放棄」，該句是「設問修辭」法中的自問自答，先提出問題，再自我回答，扣緊主題發揮。「看見肥美的兔子就在眼前，你會怎麼做？身上沒戴獵槍，只好平白喪失好機會；還是立刻起身，回家帶獵狗追捕野兔，絕不輕言放棄。發現羊圈裡的羊群全跑光了，你會怎麼做？悔恨當初沒有盡快修補羊圈；還

做？悔恨當初沒有盡快修補羊圈；還是痛定思痛，立刻拿工具連夜將羊圈修補好。

只要你肯帶獵狗去追捕，就有可能抓到野兔；只要你肯盡快修補羊圈，以後便用不著擔心羊又跑走了。凡事只要起而行，就有機會達到目標；若一味怨天尤人，目標只會離你愈來愈遠。

舉個例來說，社區大學的電腦課也有七、八十歲的老人家，他們的頭髮雖花白，求知的慾望卻如鮮綠的嫩芽，不斷的茁壯，眼睛老花、齒牙動搖、步行緩慢，這些都抵擋不了「肯做」的心意，所以，他們也能遨遊在電腦世界裡，開闢自己另一個春天。

你還再嚷嚷來不及嗎？告訴你，只要不放棄，永遠來得及！

是痛定思痛，立刻拿工具連夜將羊圈修補好」，這段是以「映襯修辭」法來對照一味抱怨與積極行動的差別。「只要你肯帶獵狗去追捕，就有可能抓到野兔；只要你肯盡快修補羊圈，以後便用不著擔心羊又跑走了」，「只要你」一詞隔句連續使用，為「類疊修辭」法中的「類字」，凡「類字」一定是「排比」。

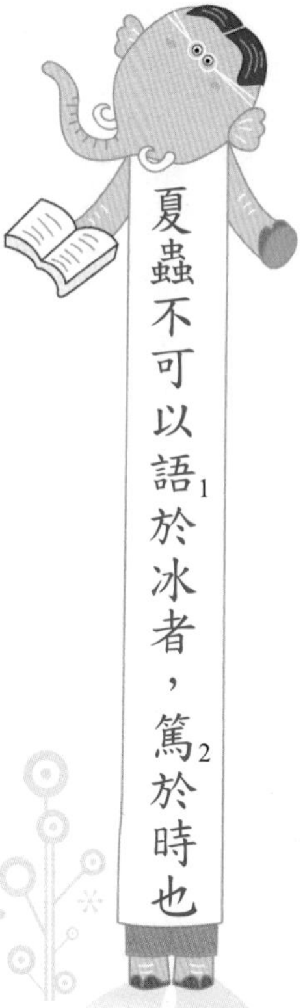

夏蟲不可以語[1]於冰者，篤[2]於時也

原文節錄

井鼃（鼃：音ㄨㄚ，同「蛙」字）不可以語於海者，拘於虛（虛：也作「墟」，本指村落，此指居住的地方）也；夏蟲不可以語於冰者，篤於時也；曲士（曲士，指孤陋寡聞，見識淺薄的人。曲：音ㄑㄩ，局部；部分）不可以語於道者，束於教（受限於本身所學。束：受限；捆縛）也。今爾（爾：你）出於崖涘（崖涘：岸邊），觀於大海，乃知爾丑（丑：同「醜」，鄙

解釋

1. 語：音ㄩˋ，告訴。
2. 篤：堅固；堅實。此引申作限制的意思。

譯文

夏天的蟲，無法與牠談論嚴冬的冰，因為夏蟲受到氣候的限制。

典源

秋天來了，河水也漲高了，千百條江川都紛紛注入黃

陋，指學識淺薄），爾將可與語（語：音ㄩˋ，告訴）大理（大道理）矣。

（戰國．莊周／《莊子》秋水）

河，那奔流的氣勢非常壯觀。河伯得意揚揚的順著水流向東走，覺得自己是世界最偉大的河流。這天，他來到了北海，發現北海一望無際，海面是那麼的浩瀚無窮，才驚覺自己的渺小和無知。他期望能在北海門下學習，免得被人識笑沒有學問。北海認為河伯已經走出了狹隘的水崖河岸，看到了浩大的海，因此認為可以和河伯談論大道理了。

無知的殺傷力

起頭技巧：具體比喻法

無知像滾滾洪流，會無情的淹沒你；無知像一頭猛獸，會貪婪的吞噬你。人如果無知，將會遍體鱗傷，悔恨莫及。

有一句成語叫「削足適履」，講一個腦袋不靈光的人，有天買了雙新草鞋，尺寸卻小了一點，他竟然不知道要拿去鞋店更換，而是拿斧頭剁掉自己的腳趾。這雖然是一則笑話，卻能反映出無知的人，其想法和作為將會惹來禍端。

生病了，當然去醫院掛號，讓醫生診斷病情，但是無知的人，卻相信偏方，連隔空抓藥這

作文撇步

「無知像滾滾洪流，會無情的淹沒你；無知像一頭猛獸，會貪婪的吞噬你」，這兩句屬「排比修辭」法。第二段舉成語「削足適履」的例子來佐證無知的可怕，屬「引用修辭」法。「結果花了大把大把的金錢醫治，病情卻每下愈況」，意味因無知而白花錢又傷身。「無知阻礙了正確的判斷，將人引誘到深淵，再狠狠的把人推下去」，為「轉化修

種荒誕說法也深信不疑。你苦口婆心的勸告，對方卻充耳不聞，這種情形就像「夏蟲不可以語於冰者，篤於時也」，因為對方無知，拒絕先進的醫療方法，結果花了大把大把的金錢醫治，病情卻每下愈況。無知阻礙了正確的判斷，將人引誘到深淵，再狠狠的把人推下去。你說，無知的殺傷力是不是很嚇人？

投資是好事，但是如果不試著多了解，反而將道聽塗說的八卦當作寶貝資訊，胡亂撒錢，屆時將會血本無歸，欲哭無淚。

無知既然這麼猙獰，又這麼有殺傷力，對付它的法寶就是擁有豐富、專業的新知，用知識和理智打敗無知，不再被無知操縱在手裡。

辭」法中的「擬虛為實」，將無知形象化。「你說」，把想像中的人事物當做在眼前，向他呼喚，是「呼告修辭」法的特色。

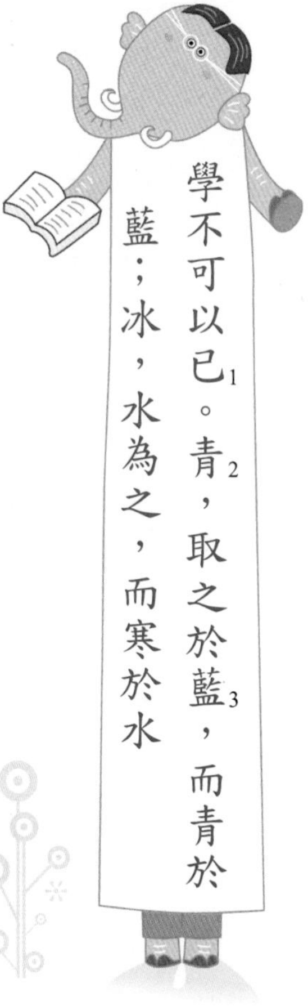

學不可以已[1]。青[2]，取之於藍[3]，而青於藍；冰，水為之，而寒於水

原文節錄

君子曰：「學不可以已。青，取之於藍，而青於藍；冰，水為之，而寒於水。木直中（中：音ㄓㄨㄥˋ，符合）繩，輮（也作「煣」。音ㄖㄡˊ，用火烤木材使彎曲）以為輪，其曲（曲：音ㄑㄩ，彎度）中規（規：圓規，畫圓形的工具）；雖有槁暴（槁暴：音ㄍㄠˇ ㄆㄨˋ，枯乾；晒乾），不復挺者，輮使之然也。故木受繩

解釋

1. 已：停止。
2. 青：靛青。從藍草中提煉出來的染料。
3. 藍：植物名，葉子可製成藍色染料。

譯文

學習事物絕不可以停止。青從藍草中提煉出來，但是顏色比藍草更深。冰是由水結成的，卻比水更加酷寒。

（繩：作動詞用，木工用來測定直線的墨線）則直，金就礪（礪：作動詞用，以磨刀石磨治）則利，君子博學而日參省（省：ㄒㄧㄥˇ，反省）乎己，則知（知，同「智」。音ㄓˋ，智慧）明而行（行：行為）無過（沒有差錯）矣。」

（戰國・荀況／《荀子》勸學）

典源

荀子是戰國時代法家的代表人物，主張人性本惡，強調後天的學習。〈荀學〉是他的代表作之一，全文主旨在「學不可以已」。文中提倡學習的重要，以及學習可增長見識；另外，也說明正確的學習態度是要循序漸進，累積再累積，持之以恆下，才能有所成效。

範文

快樂的學習

起頭技巧：具體比喻法

「學習」是一個大寶庫，你愈挖掘，就愈能挖到奇珍異寶；「學習」是一片汪洋大海，你愈潛入，就愈能發現深海的美麗和神奇。你說，從學習中是不是能享受到無比的快樂呢！

古人說的好，「學不可以已。青，取之於藍，而青於藍；冰，水為之，而寒於水」，青色是從藍草中提煉出來，但是顏色比藍草更深邃；冰是由水結成的，卻比水更加的酷寒。為什麼呢？因為不斷的學習再學習，所以能有嶄新的收穫，收穫的滿足和驚喜，是多麼的令人快樂呀！

作文撇步

「『學習』是一個大寶庫，你愈挖掘，就愈能挖到奇珍異寶；『學習』是一片汪洋大海，你愈潛入，就愈能發現深海的美麗和神奇」，上述文句中「學習」隔句連續使用，屬「類疊修辭」法中的「類字」，凡「類字」一定是「排比」。「因為珍寶深藏在心中，只有樂於學習的人才能把玩、品味」、「只會將自己受困於無知的圍城裡，不想攻出學習並不一定要埋首於艱澀的經典史籍，也並非要孜孜於專業的科學技術等，有時候讀了一首小詩，從詩的意境中獲得領悟，這也是一種學習上的快樂。原本不會操作電腦的人，因學習而懂得上網查資料、用電子信箱收發信件、用MSN與朋友聊天等等，這也是一種學習上的快樂。

愈勤奮學習的人，愈能從學習寶庫中挖掘到珍寶，那種珍寶是竊賊偷不走的，因為珍寶深藏在心中，只有樂於學習的人才能把玩、品味。相反的，懶得學習的人，只會將自己受困於無知的圍城裡，不想攻出去，日子久了，水喝光了，糧食吃完了，才驚覺停止學習的嚴重性。

你，是屬於哪一種呢？來！讓我們互相勉勵，積極的從學習中享受快樂吧！

去」，以上寫法為「轉化修辭」法中的「擬虛為實」。

「來！讓我們互相勉勵」，把想像中的人事物當做在眼前，向他傾吐、呼喚，是「呼告修辭」法的特色，常使用在情感高昂時。

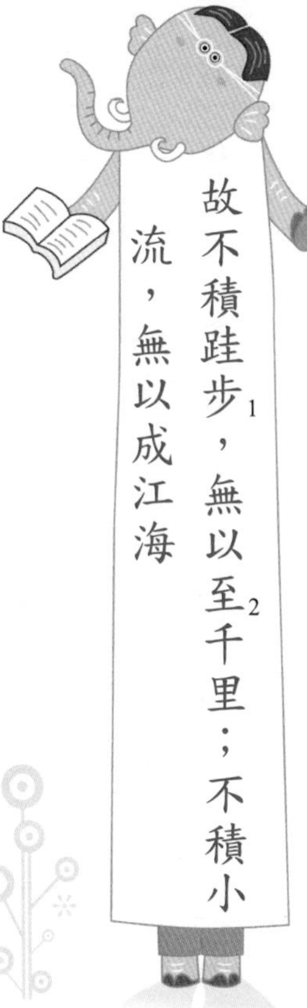

故不積跬步[1]，無以至[2]千里；不積小流，無以成江海

原文節錄

故不積跬步，無以至千里；不積小流，無以成江海。騏驥（指善奔馳的良馬）一躍，不能十步；駑（音ㄋㄨˊ，低劣）馬十駕（十駕：古稱一天叫一駕，十駕即十天），功在不舍。鍥而舍之，朽木不折；鍥而不舍，金石可鏤（鏤：音ㄌㄡˋ，雕刻）。螾（音ㄧㄣˇ，蚯蚓）無爪牙之利，筋骨之強，上食埃土（能上吃地面的塵

解釋

1. 跬步：跬步，即半步。跬，音ㄎㄨㄟˇ，古人謂舉足一次為跬。
2. 至：到達。

譯文

不一步步的走，無法達到千里之外；不匯集涓細的水流，不能成為江海。

典源

荀子是戰國時代法家的代

埃），下飲黃泉（下飲地底的泉水），用心一也。蟹六跪而二螯（螯：音ㄠˊ，指節肢動物的第一對腳，末端是鉗狀，可一開一合，方便取食或抵擋敵人），非蛇蟺（蟺：同「鱣」。音ㄕㄢˋ，黃鱔，外觀像蛇，但是無鱗）之穴（穴：洞穴）無可寄託者（沒有地方可以寄居存身），用心躁也。

（戰國・荀況／《荀子》勸學）

表人物，主張人性本惡，強調後天的學習。〈荀學〉是他的代表作之一，全文主旨在「學不可以已」。文中提倡學習的重要，以及學習可增長見識；另外，也說明正確的學習態度是要循序漸進，累積再累積，並舉例表示：無數的一小步和無數的小河流，只要持之以恆，也可以到達千里外的地方和匯聚成大海。

範文

一塊錢的故事

起頭技巧：往事回憶法

不記得有多少年了，當小女孩從外婆手中拿到嶄新的一塊錢，興高采烈的把我握在手裡，那眉毛因笑的太開心而成拱型，彷彿她握住了全世界的財富。小女孩小心翼翼的把我投入紅色的小豬存錢筒，「咚」一聲，開啟了我倆的友誼。

接下來的日子，小女孩常常來探望我，她開心的拿起存錢筒，滿足的搖呀搖，從天旋地轉的搖晃中，我感受到關愛和呵護，身為一塊錢的我，是何等的幸運呀！

有一天，我正等待小女孩的到來，突然，

作文撇步

「那眉毛因笑的太開心而成拱型」，是「視覺摹寫」法。「從天旋地轉的搖晃中，我感受到關愛和呵護」、「我將化身為愛心，飛至遠方，撫慰非洲孩子」、「我即將展開另一段新旅程，為一塊錢寫出光耀的事蹟」，以上三句是將無生命的一塊錢化作有生命，把事物當作人來描述，能感受到關懷，也會飛至遠方和寫出光耀的事蹟，屬「轉化修辭」

「咚」一聲，從洞口掉下了一塊錢。真好！我有同伴了。接下來，小女孩會陸續的投入一塊錢，每一枚都閃爍著金黃色光芒，光芒裡散發著自信，自信將來能有一番轟轟烈烈的作為。所謂「故不積跬步，無以至千里；不積小流，無以成江海」，身為一塊錢的我們只要團結起來，力量也不容小覷喔！

這天，小女孩的媽媽用美工刀割開存錢筒，嘩啦啦的掉了一枚又一枚的硬幣，數呀數，共有一千多個。「媽媽，我要全捐出去，幫助貧困的非洲小孩。」啊！我將化身為愛心，飛至遠方，撫慰非洲孩子，這是多麼值得驕傲的一件事。

相信不久，我即將展開另一段新旅程，為一塊錢寫出光耀的事蹟。

法中的「擬物為人」。「每一枚都閃爍著金黃色光芒，光芒裡散發著自信，自信將來能有一番轟轟烈烈的作為」，「光芒」和「自信」分別出現在上一句的句末，與下一句的句首，這種修辭技巧叫「頂真修辭」法，也叫「頂真格」。

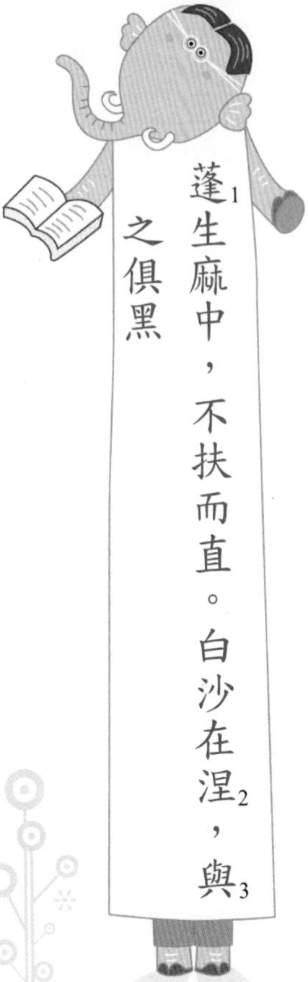

蓬[1]生麻中，不扶而直。白沙在涅[2]，與[3]之俱黑

原文節錄

蓬生麻中，不扶而直；白沙在涅，與之俱黑。

蘭槐（香草名，也就是白芷。夏季開傘狀的白花，果實呈長橢圓形，根可以入藥，能用來鎮痛，古人以白芷的葉製成香料）之根是為芷，其漸之滫（滫：音ㄒㄧㄡˇ，發出酸臭味的淘米水。也指汙臭的水），君子（對為政者和古貴族男子的通稱）不近，庶人（百姓）不服（服：佩

解釋

1. 蓬：草本植物，葉子外觀像柳絮，邊緣有鋸齒狀，秋天開花，花外圍呈白色。
2. 涅：音ㄋㄧㄝˋ，一種可用來當作黑色染料的礦物，這裡指黑泥。
3. 與：音ㄩˇ，全部；都。作副詞。

譯文

蓬草生長在大麻中，用不著扶持也會長得很挺直；將白

帶）。質非不美也，所漸（漸：音ㄐㄢ，浸泡）者然也。故君子居必擇鄉（擇鄉：選擇鄉里），遊（遊覽；雲遊）必就士（就近：接近賢能的人），所以防邪僻（邪僻：不合正道）而近中正（中正：不偏不倚的中庸之道）也。

（戰國・荀況／《荀子》勸學）

沙放入黑泥裡，會全部變成黑色。

典源

荀子是戰國時代法家的代表人物，主張人性本惡，強調後天的學習。〈荀學〉是他的代表作之一，文中提倡學習的重要，以及環境影響的重要。選擇優良的學習環境和正確的學理，才可以讓自己愈來愈精進。

範文

交友的重要

起頭技巧：開門見山法

人的一生不能沒有朋友，交遊廣闊的人，訪客是冠蓋雲集；羞澀內向的人，朋友雖不多，卻個個真誠相待。

朋友多或少並不重要，重要的是品德好不好，因為朋友深深影響我們的言行，如果交到損友，自然會跟著墮落；相反的，如果交到益友，自然會見賢思齊，「蓬生麻中，不扶而直。白沙在涅，與之俱黑」，講的就是這個道理。

古人交友講求「友直」、「友諒」、「友多聞」，也就是要交正直、誠實、博學的朋友，為

作文撇步

「如果交到損友，自然會跟著墮落」對比「如果交到益友，自然會見賢思齊」，這兩句「自然會」一詞隔句連續出現，損友對比益友，是應用「類疊」和「映襯」修辭法。

「正直的朋友能提醒我們凡事要公正坦率，不偏私；誠實的朋友能叮嚀我們凡事不虛假，不講謊話，坦誠以對；博學的朋友能增長我們的見聞，開闊我們的視野」，上述三句字數

什麼呢？因為正直的朋友能提醒我們凡事要公正坦率，不偏私；誠實的朋友能叮嚀我們凡事不虛假，不講謊話，坦誠以對；博學的朋友能增長我們的見聞，開闊我們的視野。

相反的，若交到酒肉朋友，天天吃喝玩樂，一旦金銀散盡，不是鋌而走險，相約做非法的勾當，就是露出現實的嘴臉，視你如陌生人。那種損友會不動聲色的引誘你到沉淪的懸崖，讓你不自覺的跳下去。

朋友是我們生活的一部分，平日一起切磋學業，一起相約打球，一起結伴逛街，快樂時共同分享歡欣，悲傷時共同撫慰愁緒，得意時共同享受榮耀。你說，朋友是不是很重要？所以，我們要睜大眼睛，慎選朋友。

相當，句法結構相似，接二連三敘述同一範圍的意思，屬「排比修辭」法。「那種損友會不動聲色的引誘你到沉淪的懸崖，讓你不自覺的跳下去」，「沉淪的懸崖」一詞，將抽象的概念具體化，為「轉化修辭」中的「擬虛為實」。「一起切磋學業，一起相約打球，一起結伴逛街」，「一起」在三句中接二連三的反覆出現，屬「類疊修辭」法中的「類字」。

泰山不讓[1]土壤，故能成[2]其大

原文節錄

臣聞地廣者粟（泛指糧食）多，國大者人眾，兵強則士勇。是以（所以）泰山不讓土壤，故能成其大；河海不擇（擇：選擇）細流（細小的流水），故能就（就：造就）其深（深：深廣）；王者不卻眾庶（王者不拒絕黎民。眾庶：百姓；黎民），故能明其德（所以能夠宣揚為政者的德教）。是以地無四方（地無四方：土地不論四方，即不分東南西北），民無異國（異

解釋

1. 讓：辭卻；推卸。
2. 成：成全；成就。

譯文

泰山不推卸泥土，所以能夠成就山的高大。

典源

戰國末年，韓國君王因害怕兵強馬壯的秦國會舉兵攻打，便藉著秦王為水患所苦，故意派遣一個叫鄭國的治水工

國：指國家的不同），四時（即春夏秋冬四季）充美（充實美好），鬼神降福，此五帝三王之所以無敵（無敵：沒有可與抗衡的。敵：對抗；抵擋）也。

（戰國．李斯／諫逐客書）

程師到秦國，向秦始王獻計，表示可以開鑿渠道，引涇水東流至洛水，叫「鄭國渠」，如此一來就可以治水患。

其實韓國君王是想利用鄭國渠來阻擋秦兵攻打。後來這計謀被揭穿了，秦王大怒，他採秦國大臣的建議，打算把所有不是秦國的官員統統驅離出去。李斯本是楚國人，因輔佐秦王吞併六國，故封為宰相。後來他面臨被驅離的窘境時，情急之下，寫了「諫逐客書」一文，才挽回被驅趕的厄運。

泰山與泥土

起頭技巧：實際舉例法

巍峨的泰山千年來直聳入雲霄，大鳥從他身旁飛過，浮雲環繞在他四周，他像位心胸寬大的智者，包容一切，以欣賞的眼光看待萬物。

豔陽火辣辣的光芒也掩蓋不了泰出散發出來的耀眼，狂風暴雨的摧殘也擊不倒泰山與生俱來的堅韌。他不卑不亢，不驕不傲的屹立著，令小草、石頭、泥土等等大自然的生物欽佩萬分。

有一天，泥土鼓起勇氣，唯唯諾諾的問道：「泰山呀！為什麼您這麼宏偉，這麼令人景仰呢？」泰山低下頭，彎著腰，客氣的說：「這全

作文撇步

「大鳥從他身旁飛過，浮雲環繞在他四周」，是「視覺摹寫」法，用意是要襯托泰山容納萬物的心胸。「他像位心胸寬大的智者，包容一切，以欣賞的眼光看待萬物」，將泰山比喻作智者，是應用「譬喻修辭」的技巧。「豔陽火辣辣的光芒也掩蓋不了泰出散發出來的耀眼，狂風暴雨的摧殘也擊不倒泰山與生俱來的堅韌」，這兩句的句法結構相

是您的功勞，您怎麼反而稱讚我呢？」

泥土聽到泰山的回答，有如丈二金剛摸不著頭腦，心想：「怎麼會是我的功勞？我只是一培小土丘罷了，哪有這種能耐！」泥土不懂泰山的意思。他又開口問了：「您太抬舉我了，和您相比，我如一粒小塵土，毫不起眼。」

泰山輕輕搖動雙臂，那股氣勢足以撼動山河，泥土更加崇拜了。泰山溫和的看著泥土，認真的說：「您千萬別小看自己，是您的力量造就了泰山的顯赫，我才要好好向您致謝呢！」泥土笑了，原來自己有這麼大的貢獻，從今以後，他要活的更有自信。至於泰山呢？他更受人敬仰，因為「泰山不讓土壤，故能成其大」，如果泰山沒有寬容的心胸，又怎麼會有巍峨的他呢！

似，用來表達泰山的耀眼和堅韌，行文流暢，意味無盡，屬「排比修辭」法中的「複句排比」。「不卑不亢，不驕不傲」，連用四個「不」，是「類疊修辭」法中的「類字」，凡「類字」必屬「排比」。

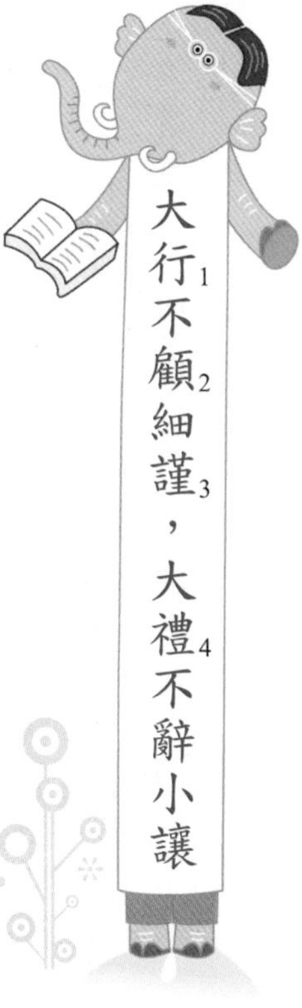

大行[1]不顧[2]細謹[3]，大禮[4]不辭小讓

原文節錄

沛公（指劉邦。因曾起兵於沛縣，故人稱「沛公」）已出，項王（指項羽）使都尉（都尉：古代武官名，始於戰國時代，秦滅六國後，以其地為郡，置郡守、丞、尉）陳平召（召：呼喚）沛公。沛公曰：「今者出，未辭（辭：道別）也，為之奈何（怎麼辦、如何才好的意思。奈何：如何；怎樣）？」樊噲曰：「大行不顧細謹，大禮不辭小讓。如今人方為刀俎（俎：音ㄗㄨˇ，

解釋

1. 大行：成就大事業。行：做；從事。
2. 顧：照應。
3. 細謹：指拘泥細微末節。
4. 大禮：正式的禮節。

譯文

成就大事業的人，用不著拘泥細微末節的禮數；講究登基等正式大禮的人，用不著計較那些瑣細的道別、謙讓等禮節。

切肉用的砧板），我為魚肉，何辭為（何必還要告辭呢）？」於是遂（遂：就；於是）去（離開）。

（西漢・司馬遷／《史記》項羽本紀）

典源

原文內容講的是「鴻門宴」故事的一段。當年項羽設宴款待劉邦，宴會進行時，亞父范增藉著舞劍助興，一心想替項羽除掉劉邦，以絕後患。不料，膽小如鼠的劉邦見苗頭不對，就以上廁所為理由，溜了出來。部屬樊噲勸他快逃走，千萬別回去向項羽告辭，否則性命難保。

範文

如果我是楚霸王項羽

起頭技巧：如果假設法

如果我是楚霸王項羽，當年攻進咸陽時，絕不會挾報復之心，掘秦始皇墳墓、殺孺子嬰，更不會火燒阿房宮。而是下令不准士兵搶奪百姓的財物，不准傷及無辜，我要與百姓建立良好關係，以仁治國，讓烽火連天的咸陽搖身成為全國最快樂的城市。

如果我是楚霸王項羽，我會感謝劉邦先攻進咸陽，安撫了百姓，穩定了民心。我深深了解劉邦並非棟梁之才，真正的幹才是身旁的張良、蕭何、韓信、酈食其等人，我要秉著三顧茅廬、周

作文撇步

作文題目「如果我是西楚霸王項羽」，這是假想性的題目，也就是把自己當作項羽，處在那個時代，你會有什麼作為。行文時，須掌握與項羽有關的重要事件，例如：攻進咸陽城、鴻門宴、烏江之刎，這三件事都須納入其中抒發，如果自己會如何面對這三件事。

「讓烽火連天的咸陽搖身成為全國最快樂的城市」，是應用「映襯修辭」法中的「對

公吐哺的誠意，極力招攬他們，一起為天下百姓謀福利。

如果我是楚霸王項羽，鴻門宴上我會誠心誠意的招待劉邦，饋贈他良田、美女、金銀財寶，鼓吹他退隱養老，國家奔波的事就由我來煩心。

如果我是楚霸王項羽，即使大勢已去，四面楚歌高聲唱起，也不畏不懼。我要率領子弟兵突破重圍，讓楚軍的旗幟擁抱人心。垓下自刎的事不會發生，我會絕地大反攻，讓劉邦了解我才是真正做到「大行不顧細謹，大禮不辭小讓」的真英雄。我要騎著烏騅馬，載著虞姬高唱凱旋歌，重新踏進咸陽城，讓咸陽的微風因我而吹動，讓咸陽的百花因我而綻放，讓咸陽的陽光因我而燦爛。

襯」，將「烽火連天的咸陽」與「全國最快樂的城市」作強烈對比。「我要秉著三顧茅廬、周公吐哺的誠意」，該句援引典故，為「引用修辭」的技巧。「讓咸陽的微風因我而吹動，讓咸陽的百花因我而綻放，讓咸陽的陽光因我而燦爛」，上述文句中「讓咸陽的……因我而」連續使用，屬「類疊修辭」中的「類字」，凡「類字」一定是「排比」。

此鳥不飛則已，一飛沖天；不鳴[1]則已，一鳴驚[2]人

原文節錄

齊威王之時喜隱（喜隱：喜歡猜隱語。隱語是指講話時，不直接說出本意，而藉著其他語詞來暗示對方，讓對方領悟其意，有點像現今的謎語），好（好：音ㄏㄠˋ，喜好）為淫樂長夜之飲，沉湎（沉迷；淪落）不治，委（託付）政卿大夫。百官荒亂，諸侯並侵，國且危亡，在於旦暮，左右（指朝中大臣）莫敢諫（諫：直言

解釋

1. 鳴：指鳥、獸、蟲叫。
2. 驚：使受驚；驚動。

譯文

這隻大鳥不飛就算了，一展翅飛翔就能直沖入雲霄；不鳴叫就罷了，一鳴叫就會震驚世人。

典源

春秋時代的齊威王成天只會吃喝玩樂，連續三年都不治

勸告，一般用於下對上）。淳于髡說之以隱（隱：指隱語）曰：「國中有大鳥，止（棲息）王之廷（廷：宮殿；宮廷），三年不蜚（蜚：音ㄈㄟ，同「飛」）又不鳴，王知此鳥何也？」王曰：「此鳥不飛則已，一飛沖天；不鳴則已，一鳴驚人。」

（西漢・司馬遷／《史記》滑稽列傳）

理朝政。大臣淳于髡想到齊威王喜歡猜隱語，便利用這點來向君王進諫。有一天，他在御花園遇到齊威王，便向前表示有個謎語，不知道大王有沒有興趣猜測。愛猜謎語的齊威王興致大發，催淳于髡快講謎題。等淳于髡說出謎語，聰明的他當然聽出話中的暗示，所以發下豪語，說此鳥是「一飛沖天」、「一鳴驚人」。從此，齊威王不再貪圖玩樂，專心治理國事，齊國也愈來愈強盛了。

我就是那匹黑馬

起頭技巧：顛倒順序法

當榜單上赫然出現自己的名字時，老師、同學都差點跌破眼鏡，想不到我在關鍵時刻，竟然搖身成為「黑馬」。我彷彿看見自己邁開腳步，頂著日晒，迎著風沙，忍著疲憊，夜以繼日的往前衝刺，那第一志願的學校正敞開著大門，歡迎我一馬當先的奔入……

「你再不好好用功，明年就準備名落孫山吧！」導師板著臉，嚴厲的當著全班同學面訓斥我，那一字一句都化作釘子敲進我的耳膜，刺痛我的胸口。我無力的手拿著那張不及格的考卷回

作文撇步

「頂著日晒，迎著風沙，忍著疲憊」，「著」字隔句使用，屬「類疊修辭」法中的「類字」，只要屬「類字」一定是「排比」。「那一字一句都化作釘子敲進我的耳膜，刺痛我的胸口」、「無奈那分數反化身成惡魔，對我露出猙獰的嘴臉」，把「字字句句」和「分數」化成另外一種與本質完全不同的事物，加以敘述，屬「轉化修辭」法中的「擬物

到座位，真想一口吃掉那少的可憐的分數。無奈那分數反化身成惡魔，對我露出猙獰的嘴臉。

只剩一年，一年有三百六十五天，三百六十五天都是努力的機會，古時的周威王許下「此鳥不飛則已，一飛沖天；不鳴則已，一鳴驚人」的志願，我為什麼不能呢？當然能！因為我是一匹黑馬呀！

九年級是我的轉捩點，那一年我主動向父母要求上補習班，每天有計畫性的讀書，不懂的地方一定打破砂鍋問到底，讀累了就去打球，不把時間浪費在電玩。一個月，二個月，三個月……轉眼間，基測來到眼前，瞧！我這匹黑馬要邁開腳步衝刺，直奔第一志願……

為人」。「只剩一年，一年有三百六十五天，三百六十五天都是努力的機會」，句中的「一年」和「三百六十五天」既是前一句的結尾，也是後一句的句首，這種修辭叫「頂真修辭」法。「瞧！我這匹黑馬要邁開腳步衝刺……」，所謂「黑馬」有一鳴驚人，獲得勝利的意思，把自己比擬成黑馬，意味要發憤圖強，考上好學校，讓人刮目相看。

愛施者仁之端[1]也；取予者義之符[2]也

原文節錄

僕（古時男子謙稱自己，常用於書信，此指司馬遷）聞之：「**修身者智之府也**（增加自身的修養是智慧的倉庫。府：古代官方收藏文書或財物的處所）；**愛施者仁之端也；取予者義之符也；恥辱者勇之決也**（以被侮辱為可恥是具備勇敢的先決條件。決：作出判斷；確定）；**立名者行之極也**（建立功名是行動的最高目標。極：表示最高程度，作副詞）。」**士有此五者，然後可**

解釋

1. 端：開頭。
2. 符：標記；符號。

譯文

樂於施捨是仁愛的開端；獲取和給予恰當是遵守義理的標誌。

典源

這句話是司馬遷回信給任安（即任少卿）中的一句話。任安曾寫信給司馬遷，希望他

以託於世（託於世：指立身處世），列（將一個個事物按順序排，此指登上）於君子之林矣。

（西漢・司馬遷／《史記》報任少安書）

能利用任中書令的機會，大力推舉賢人，引進才士為己任。司馬遷接到信時，因剛隨漢武帝東巡回來，又忙於公事，無法立刻回信。隔了一段時間，才回信給任安，除了說明為何延誤回信外，也抒發自己的悲憤和痛苦。全文將司馬遷遭腐刑後的心情表達的淋漓盡致，赤忱感人。

範文

快樂的給予

起頭技巧：光陰記錄法

下星期一學校要我們將家裡淘汰的二手衣整理好，交給老師，學校準備捐給偏遠山區的學童。我和媽媽趁著假日，費了九牛二虎之力，才整理出一件件二手衣，其實有很多衣服僅穿幾次而已，還很嶄新，無奈正邁入青春期的我，個子長得如高鐵速度般快，那些衣服、褲子早就不能穿了。

每件衣服似乎都深情的看著我，希望我將它們留下來當紀念，媽媽看出我的心思，笑著說：「捨得送人東西，才能享受快樂。」是呀！送給須要的人，別人穿的開心，自己也快樂。古人說：

作文撇步

這篇文章以未來的時間來起文，描述下星期一學校交代要完成的事，然後，扣緊主題，從收集二手衣感受到給予是一件快樂的事。「費了九牛二虎之力」、「個子長得如高鐵速度般快」，前者強調花費了很多精力，後者誇大個子快速的長高。，在修辭上屬「誇飾修辭」中的「誇大法」。「每件衣服似乎都深情的看著我」，是「轉化修辭」法中的

「愛施者仁之端也；取予者義之符也」，就是講有仁心的人懂得樂於施予，適當合理的施予才合乎義理。

「給予」是一門高深的藝術，既不能打腫臉充胖子，也不宜寒酸。捨不得送東西給人，不能算是有仁心；毫無道理又無節制的送人東西，也不合乎道德公理。新聞媒體不只一次揭露官商勾結的事，不肖商人饋贈高官鑽石、名錶、金錢，是為了獲取貪得無厭的利益，非快樂合理的施予。

所謂「施比受更有福」，有能力給予人東西是一種福氣，有福氣的人當然是快樂的人。至於非法的接受賄賂，事後得面對法律制裁，哪裡是福氣的人？又哪裡快樂的起來？

「擬物為人」，也就是把事物當作人來描寫，將無生命的衣服化作有生命的個體。「有能力給予人東西是一種福氣」對比「非法的賄賂，事後得面對法律制裁」，有人樂於給予，有人卻貪於收受，兩種不一樣的態度相對照，屬「映襯修辭」法中的「對襯」。

福之為[1]禍，禍之為福，化[2]不可極[3]，深不可測也

原文節錄

居一年（過了一年。居：停留），胡人大入塞（大入塞：指大舉向邊界地區入侵。大：表示程度深），丁壯者引弦（引弦：拉起弓箭，泛指拿起武器）而戰，近塞（靠近邊界地區的百姓。近：靠近；接近）之人，死者十九（戰死的人高達十之八九）。此獨以跛（跛：跛腳）之故（故：原因；緣故），父子相保（相保：相互

解釋

1. 為：變換。
2. 化：指化育萬物的大自然。
3. 極：盡頭。測：猜測。

譯文

福氣可轉為禍害，禍害也可能轉為福氣，化育天地萬物的大自然是無止盡的，同樣的，道理也是深奧不可揣測的。

保護，比喻平安無事）。故（所以）福之為禍，禍之為福，化不可極，深不可測也。

（西漢．淮南王劉安／《淮南子》）

典源

古時有個老翁，他養的馬不見了，他卻毫不在乎。過了幾個月，走失的馬帶了好幾匹駿馬回來，可是他並不開心。後來，老翁的兒子騎馬摔斷腿，他倒覺得會招來幸運。不久，發生戰事，年輕人被派去當兵，只有老翁的兒子因腿斷了，而逃過死劫，正印證了「福禍難定」這句話。

範文

那場午後的雷陣雨

起頭技巧：往事回憶法

在某個酷熱的夏日午後，我和同學相約去歷史博物館看展覽。那天氣溫飆到攝氏三十五度，人人熱得汗流浹背，連柏油路也彷彿冒著熱氣。「記得帶傘，可能會下雨。」媽媽關心的提醒我。「大晴天怎麼可能會下雨！」我不禁竊笑。

公車上有冷氣，吹得挺舒服，我早把暑熱拋到後腦勺。也不知行駛了幾站，天空突然烏雲蔽日，嘩啦啦的下起滂沱大雨，那雨勢如萬馬奔騰，令人震懾。眼看即將下車，卻沒有傘，當初把媽媽的話當作耳邊風，現在回想起來，我真是太聰

作文撇步

「人人熱得汗流浹背，連柏油路也彷彿冒著熱氣」，這段話是運用想像力，把過去的事物，藉由文字來描述，讓讀者了解，稱作「示現修辭」法，屬「追述示現」。「那雨勢如萬馬奔騰」，是「譬喻修辭」法中的「明喻」，判斷是不是「明喻」很容易，句子中當會出現「如」、「像」、「若」、「猶如」、「好似」、「好像」、「如同」、

明了。無奈之下，我和同學只好冒雨衝了出去，兩人狼狽的躲在騎樓，頭髮溼了，衣服溼了，鞋子溼了，連心情也溼透了。

自以為豔陽天不會下雨，誰知事事難料。轉念一想，人生不也如此嗎？所謂「福之為禍，禍之為福，化不可極，深不可測也」，是福是禍，難以下論斷，端看當事者如何看待。當年楚霸王項羽騎著烏騅馬，攻無不克，戰無不捷，不免驕傲自大，孰料因傲慢種下禍端，最後自刎於烏江。倘若項羽能從失敗中建立信心，再接再厲，或許能轉禍為福，改寫歷史，可惜他放棄了。

人生最害怕的不是遭遇災禍，而是沒有災禍，每一次的災禍都是為將來的福澤鋪路，因為勇於挑戰災禍，才能為福澤畫下美麗的句點。

「彷彿」等等。「現在回想起來，我真是太聰明了」，屬「倒反修辭」法，言詞表面的意思與實際意思恰恰相反，說自己太聰明了，其實是懊惱自己太自作聰明。「頭髮溼了，衣服溼了，鞋子溼了」，屬「類疊修辭」法中的「類字」，也是「排比」。「連心情也溼透了」，心情本不會溼，寫心情溼了，意指心情很差，屬「轉化修辭」法中的「擬虛為實」。

親賢臣，遠[1]小人，此先漢[2]所以興隆也；親小人，遠賢臣，此後漢[3]所以傾頹[4]也

原文節錄

親賢臣，遠小人，此先漢所以興隆也；親小人，遠賢臣，此後漢所以傾頹也。先帝在時，每與臣論（論：分析；討論研究）此事，未嘗不嘆息痛恨於桓、靈（桓、靈：指東漢桓帝劉志、東漢靈帝劉宏）也。侍、尚書、長史、參軍（指侍中郭攸之、費禕，尚書令陳震，長史張裔，參軍蔣琬），此悉（悉：全；都）

解釋

1. 遠：音ㄩㄢˋ，不親近。
2. 先漢：指西漢。
3. 後漢：指東漢。
4. 傾頹：衰弱敗亡。

譯文

親近賢良的大臣，疏遠奸邪的小人，前漢因此而昌隆興盛；親近小人，疏遠賢良的大臣，後漢因此而衰弱敗亡。

貞亮（忠貞誠信）死節（指為保全節操而死也在所不惜）之臣，願陛下親之信之，則漢室之隆，可計日（計日：形容時間短暫，為時不遠）而待也。

（三國・蜀・諸葛亮／前出師表）

典源

劉備臨終前把後事囑託給諸葛亮，由他輔佐後主劉禪，為北伐中原做準備。幾年後，諸葛亮率軍北進，征伐曹魏。臨行時上書給後主，強調自己為感念先帝的提拔之恩和臨終託付，故率軍北伐。並懇切規勸後主親賢臣，遠小人，採納忠言。文中情感真誠熾烈，是古散文中備受讚賞的文學藝術作品。

範文

我對小人的看法

起頭技巧：建立疑問法

何謂小人？辭典上解釋作：沒有道德涵養，手段卑鄙，不光明磊落的人。

經史典籍中對於小人的看法，也多有發人深省的話，《論語》說：「君子坦蕩蕩，小人長戚戚」、「君子動口，小人動手」；《莊子》一書中也說：「君子之交淡如水，小人之交甘若醴」，由此可見，小人對於名利是急於求取，不擇手段；與人交往，雖如醇酒般令人覺得爽口，卻含有劇毒常背地裡耍陰謀，捅人一刀。

縱觀歷史，小人一旦得志，位居朝廷高官，

作文撇步

起頭以自問自答的方式破題，解釋小人的定義。文中援引《論語》和《莊子》的話，是「引用修辭」法中的「明引」，也就是清楚寫出引用的出處。「與人交往，雖如醇酒般令人覺得爽口，卻含有劇毒」，將小人與人交往時，表現得很和藹，像美酒般好喝，其實滿肚子壞主意。這種將甲比擬成乙的描寫，屬「譬喻修辭」法中的「明喻」。「有人往往一手遮天，攪得天黑地暗，有人搜刮民脂民膏；有人陷忠良於死地；有人殺君篡位獨攬政權。這些小人用雙手在歷史上寫下邪惡的篇章。諸葛亮死前，曾上〈前出師表〉，力勸後主阿斗要遠離小人，他舉西漢和東漢為例，說：「親賢臣，遠小人，此先漢所以興隆也；親小人，遠賢臣，此後漢所以傾頹也」，國家若小人成群，勢必走上衰亡之路；若無小人當道，當國富民強。

君主要遠離小人，我們交友也要遠離小人，因為小人會陷你於不義，慫恿你做犯法的勾當；引你到萬惡淵藪，讓你無法回頭，他們表面上待人甜如蜜，其實是腹中藏劍。

遠離小人，向小人義正詞嚴的說「不」，才是明智之舉。

搜刮民脂民膏；有人陷忠良於死地；有人殺君篡位獨攬政權」，是應用「類疊修辭」法和「層遞修辭」法中的「遞升」。「這些小人用雙手在歷史上寫下邪惡的篇章」，屬「轉化修辭」，指小人與風作浪，遺臭萬年。「表面上待人甜如蜜，其實是腹中藏劍」，屬「映襯修辭」法中的「對襯」，也就是將相反的兩事物互作比較，「甜如蜜」對比「腹中藏劍」。

仰觀宇宙之大，俯察品類[1]之盛，所以游目騁懷[2]，足以極視聽之娛，信可樂也

原文節錄

此地有崇山峻嶺（崇山峻嶺：高大陡峻的山嶺），**茂林修竹**（修竹：修長的竹子），**又有清流激湍**（激湍：急流），**映帶**（指景物互相襯托）**左右。引以為流觴曲水**（流觴曲水：本是一種除厄的習俗，後成為古人遊春活動。在彎彎曲曲的水流旁舉行宴會，在水的上流放置酒杯，任酒杯順流而下，杯子停在誰的前面，誰就拿起來

解釋

1. 品類：泛指萬物。
2. 游目騁懷：指目光隨意觀覽，舒暢胸懷。

譯文

抬頭仰望宇宙空間的廣漠，低首俯察萬物種類的繁多，因此放眼遍覽，舒展胸懷，也足以盡情享受所見所聞的樂趣，確實非常的快樂呀！

喝），列坐（依次相坐）其次，雖無絲竹管弦之盛，一觴一詠，亦足以暢敘幽情（幽情：高雅的情思）。是日也，天朗氣清，惠風（春風）和暢（溫和舒暢）。仰觀宇宙之大，俯察品類之盛，所以游目騁懷，足以極視聽之娛，信可樂也。

（東晉．王羲之／蘭亭集序）

典源

東晉人士喜在農曆三月上旬到郊外春遊，這篇〈蘭亭集序〉就是書法家王羲之與當時名士宴集於蘭亭勝地飲酒賦詩。宴會後，王羲之賦詩二首，並寫序，即〈蘭亭集序〉。序文生動的描述了集會的盛況和雅趣，同時也抒發了人生短暫的感慨。該篇序文敘事狀景，清新脫俗，千百年來為人所傳頌。

範文

宇宙中快樂自在的我

起頭技巧：實際舉例法

翻開報紙，打開電視，莫不報導全球陷入股災，人人在股海裡載浮載沉，幸運的人可以抓到枯枝，奮力求得一線生機；倒楣的人卻捲入漩渦，賠光畢生積蓄，欲哭無淚。

因為經濟不景氣，眉開眼笑的人變少了，唉聲嘆氣的人變多了。那些愁容滿面的人仰望天空，看不見藍天白雲的活力；俯視地面，看不見花花草草的美麗，他們只在意股市行情好不好，可不可以將被套牢的股票賣出去，那種「仰觀宇宙之大，俯察品類之盛，所以游目騁懷，足以極視聽

作文撇步

「人人在股海裡載浮載沉」、「若不快樂，其實是自己將自己推入痛苦的深淵」，前者把股市描述成茫茫的股海，後者把痛苦描寫成令人萬劫不復的深淵，都轉變了原本的性質，化成與本質不同的事物來描寫，這就叫「轉化修辭」法。「幸運的人可以抓到枯枝，奮力求得一線生機；倒楣的人卻捲入漩渦，賠光畢生積蓄，欲哭無淚」、「仰望天

之娛，信可樂也」的享受，對他們而言，是不屑的，是鄙視的。

所謂「春有百花秋有月，夏有涼風冬有雪，若無閒事掛心頭，都是人間好時節」，雖在股市裡栽跟頭，卻還有腳可以站起來，可以遊山玩水；雖在股市裡蒙蔽了雙眼，卻還有眼睛可以看世界，可以瀏覽風光。

宇宙中的萬萬物物自有風情，也充滿奧妙和無限的價值，活在宇宙中的我們想想，有什麼不快樂的呢？若不快樂，其實是自己將自己推入痛苦的深淵。

你還在怨天尤人嗎？來！抬頭仰望天空，低頭俯視路旁小花，你會發現原來活在宇宙中的自己，擁有無窮無盡的寶藏，是多麼快樂呀！

空，看不見藍天白雲的活力；俯視地面，看不見花花草草的美麗」、「雖在股市裡栽跟頭，卻還有腳可以站起來，可以遊山玩水；雖在股市裡蒙蔽了雙眼，卻還有眼睛可以看世界，可以瀏覽風光」，上述寫法屬「排比修辭」法。「來！抬頭仰望天空，低頭俯視路旁小花」，這句是把想像中的對方，當做在眼前，直接向對方呼喚，叫「呼告修辭」法。

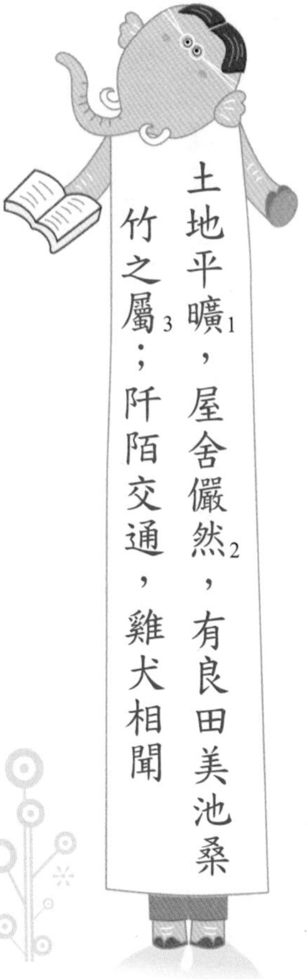

土地平曠[1]，屋舍儼然[2]，有良田美池桑竹之屬[3]；阡陌交通，雞犬相聞

原文節錄

林盡水源，便得一山。山有小口，彷彿（音ㄈㄤˇ ㄈㄨˊ，好像；似乎）若有光；便舍船從口入。初極狹，才通入，復行數十步，豁然（開闊、寬敞的樣子）開朗（開闊明亮）。土地平曠，屋舍儼然，有良田美池桑竹之屬；阡陌（泛指田間小路）交通，雞犬相聞。其中往來種

解釋

1. 平曠：平坦開闊。
2. 儼然：齊整有次序的樣子。
3. 屬：類別。

譯文

山洞裡土地平坦廣闊，屋舍排列的整整齊齊，有肥沃的良田，美麗怡人的池塘和一株株桑樹、翠竹一類的植物；田間小路交錯相通，彼此可以聽到雞鳴狗叫的聲音。

作，男女衣著，悉如外人（都同外面的人一模一樣）；黃髮（指老人。老人髮白轉黃，故以代稱）垂髫（髫：音ㄐㄧˋ，兒童下垂的頭髮。垂髫，指兒童），並怡然（安適自在的樣子）自樂。

（東晉‧陶淵明／桃花源記）

典源

〈桃花源記〉是一篇虛構的、描摹出作者心目中理想社會的文章。桃花源裡人民自給自足、雞犬之聲相聞、老幼安然自得，這是多麼令人嚮往的世界。諷刺的是，東晉時戰亂連連，根本不可能出現像桃花源中的美麗新世界。

因對現實社會的不滿，所以陶淵明將心中的美景藉由文字來表達，同時也反映了當時人們的心聲、願景。

範文

夢境裡美麗的桃花源

起頭技巧：故弄玄虛法

天空才泛著魚肚白，稀稀疏疏的星辰還眷戀著夜空，不捨離去。從事捕魚業的我，早已出發前往江河，展開我一天的捕魚之旅。我划著自己一手打造的小船，哼著小調，沿途欣賞美景。

這天風和日麗，彷彿在宣告豐收的佳績，我也自信將滿載而歸，腦海裡迴盪著妻兒開心如銀鈴般的笑聲，自己也不禁笑了出來。我賣力的往前划，也不知划了多久，來到一處開滿桃花的洞口，好奇心趨使下，我決定進去探個究竟。

一進洞裡，愈來愈寬廣，愈來愈明亮，繼續

作文撇步

起頭先營造天剛亮的場景，再由從事捕魚的主人翁一步步展開故事情節。「天空才泛著魚肚白」，是「視覺摹寫」法，魚肚呈淡白色，天剛亮時也類似這種顏色，所以說「泛著魚肚白」。「稀稀疏疏的星辰還眷戀著夜空，捨不得離去」，星辰本不會眷戀夜空，此轉變星辰的性質，化成另一種截然不同的事物來描述，這就是「轉化修辭」法。

向前，發現是個美麗祥和的村落，一眼望去，「土地平曠，屋舍儼然，有良田美池桑竹之屬；阡陌交通，雞犬相聞」，我向人打聽，才知此地是遠離塵囂的「桃花源」。熱情好客的村人邀請我住下來玩幾天，請我吃自耕自種的有機水果，喝無「三氯氰胺」的牛奶，品嘗無汙染的胚芽米……，桃花源如神仙住的天堂，下次我要攜家帶眷來這裡定居。念頭才浮起，突然，天旋地轉，我莫名其妙的往下掉……「砰」摔到床下。

啊！那美麗的桃花源原來是夢境，好可惜。為什麼會作這種夢呢？大概是最近的毒奶事件、金融風暴、街頭抗議等，讓我萌生到古人陶淵明所描述的桃花源。人間真有這樣的淨土嗎？或許那桃花源僅出現在詩人筆下和夢境吧！

「腦海裡迴盪著妻兒開心如銀鈴般的笑聲」，腦海裡迴盪笑聲，屬「轉化修辭」法中的「擬人為物」；笑聲如銀鈴般悅耳，屬「譬喻修辭」法。「砰」，是「狀聲字」，形容撞擊聲。「毒奶事件、金融風暴、街頭抗議等等」，是援引時事，屬「引用修辭」法。

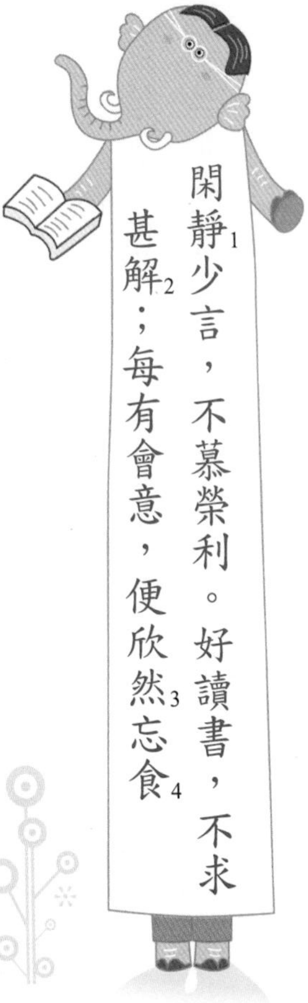

閑靜[1]少言，不慕榮利。好讀書，不求甚解[2]；每有會意，便欣然[3]忘食[4]

原文節錄

先生不知何許人（何許人：何處人；何等樣的人）也，亦不詳（詳：瞭解）其姓字。宅邊有五柳樹，因以為號（號：古人除名、字，還有別號）焉（助詞，用於句末，有加強語氣的作用）。閑靜少言，不慕榮利。好讀書，不求甚解；每有會意，便欣然忘食。性嗜酒，家貧不能常得。親舊（指親朋好友）知其如此，

解釋

1. 閑靜：清閑少有慾望。
2. 不求甚解：指讀書只求領會重要的本意，不刻意在字句上鑽研。今常指學習、工作不認真，不肯求深入的理解。
3. 欣然：喜悅的樣子。
4. 忘食：忘了吃飯。

譯文

五柳先生個性安閑沉靜，不愛說話，也不羨慕榮華利

或置酒（置酒：陳設酒宴；準備酒菜）而招之。造（去；到）飲輒（輒：表示同一行為多次重複，相當於「往往」、「總是」）盡，期在必醉；既醉而退，曾不吝情（吝情：顧惜；顧念）去留（離去或留下）。

（東晉・陶淵明／五柳先生傳）

祿。他喜歡讀書，卻不執著於對字句的繁瑣解釋；每當讀書有所領悟的時候，往往高興的忘了吃飯。

典源

「五柳先生」是作者塑造的假想人物，其實影射的正是自己。〈五柳先生傳〉一文中，陶淵明藉由「五柳先生」的閒靜寡言、喜讀書、不慕榮利、安貧樂道的形象，來抒發自己的志趣，顯得格外清新。

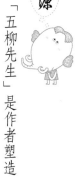

範文

我最欣賞的歷史人物

起頭技巧：實際舉例法

歷史上的千古風流人物如過江之鯽，有輔君治國的賢相，有沙場殺敵的將軍，有妙筆生花的大文豪，也有不慕榮利的詩人。其中，我最欣賞不為五斗米折腰的田園詩人——陶淵明。

愛柳樹的陶淵明在家四周種了一株株柳樹，那柳樹不似榕樹的枝葉茂密，卻給人一股清新恬淡的印象，猶如安於平凡生活的他。當年他毅然辭去官職，到鄉下當農夫，雖過著「晨興理荒穢，帶月荷鋤歸」的生活，卻只求「願無違」，這樣淡泊寡慾的性格是多麼的難得呀！

作文撇步

先以不同風貌的歷史人物起頭，再寫出自己最欣賞的人物和原因，然後扣緊主題敘寫。「有輔君治國的賢相，有沙場殺敵的將軍，有妙筆生花的大文豪，也有不慕榮利的詩人」，這四單句字數相當，句法結構相似，都表達同一種意思，是「排比修辭」法中的「單句排比」。「不矯揉造作，不求虛名」，「不」字隔句連續出現，屬「類疊修辭」

個性恬淡的他藉由文章塑造出「五柳先生」這樣的人物，其實是自己的寫照。他表明自己是「閑靜少言，不慕榮利。好讀書，不求甚解；每有會意，便欣然忘食」的性情中人，不矯揉造作，不求虛名，只愛讀書，卻又不會在文字堆裡築起圍城，困住自己，這樣豁達的人生觀，令我十分激賞。

反觀自己，天天在分數裡汲汲營營，追逐的是名次，堆砌的是分數，能從課本中領悟多少做人做事的道理，絲毫不關心。有時考差了便怨天尤人，怪天地怪老師怪同學，就是不責怪自己的讀書方法和態度。

讀了〈五柳先生傳〉，我也要向陶淵明看齊，做個不慕名利，好讀書的人。

法中的「類字」。「卻又不會在文字堆裡築起圍城，困住自己」，該句是應用「轉化修辭」的技巧，將鑽研文句擬作在文字堆裡築起長城。「追逐的是名次，堆砌的是分數」，該句也屬「單句排比」。

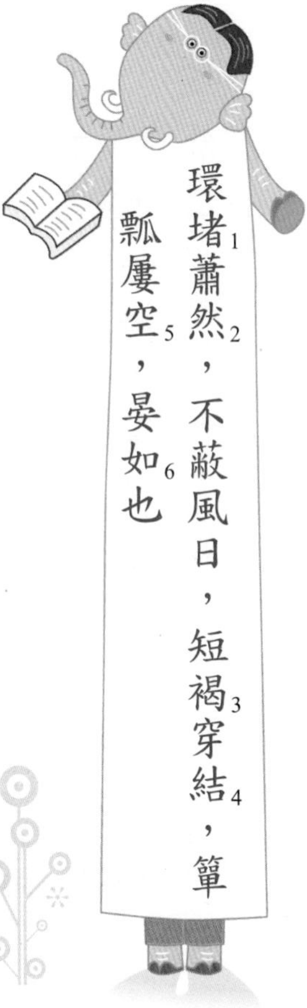

環堵1蕭然2，不蔽風日，短褐3穿結4，簞
瓢屢空5，晏如6也

原文節錄

先生不知何許（何許：何處）人也，亦不詳（詳：了解）其姓字，宅邊有五柳樹，因以為號焉（焉：表示結束的語末助詞）。閑靜少言，不慕榮利。好讀書，不求甚解（讀書只求領會要旨，並不刻意在字句上鑽牛角尖）；每有會意，欣然忘食。性嗜酒而家貧，不能恆得。親舊知其如此，或置酒招之，造（到

解釋

1. 環堵：狹小、簡陋的住所。
2. 蕭然：空寂、凋零的樣子。
3. 短褐：粗布短衣。
4. 穿結：形容衣服破破爛爛。
5. 簞瓢屢空：形容生活貧困，經常三餐不繼。
6. 晏如：安定恬適。

譯文

五柳先生住的房子牆壁空空蕩蕩，破舊的連風和太陽都無法遮擋，穿的粗布短衣縫滿

達）飲輒（輒：每每；總是）盡，期在必醉；既醉而退，曾不吝情去留（從來不會捨不得離開）。環堵蕭然，不蔽風日，短褐穿結，簞瓢屢空，晏如也。常著文章自娛（自娛：自以為樂；自尋樂趣），頗示己志（抒發自己的志趣）。忘懷得失（忘掉世俗的得與失），以此自終（自終：度過自己的一生）。

（東晉・陶淵明／五柳先生傳）

了補釘，飲食簡陋而且經常短缺，而他卻能怡然自得。

典源

「五柳先生」是作者塑造的假想人物，其實影射的正是自己。〈五柳先生傳〉一文中，陶淵明藉由「五柳先生」的閑靜寡言、喜讀書、不慕榮利、安貧樂道的形象，來抒發自己的志趣，顯得格外清新。

知足才能快樂

起頭技巧：如果假設法

如果你問中了彩券頭獎的人，大筆的金錢要如何運用，相信大多會回答：「買豪宅、買名車、買鑽錶、買各種名牌貨……」但是，慾望像一頭填不飽肚子的怪獸，永遠也沒有滿足的一刻。口袋阮囊羞澀時，路邊一碗蚵仔麵線就讓你垂涎三尺；一旦口袋塞滿了鈔票，非得到大飯店用餐，點盡山珍海味才能滿足食慾。

這樣一味的追逐物質享受，卻仍悶悶不樂，覺得人生乏味，感嘆為什麼得不到幸福？殊不知「知足才能快樂」的道理。東晉田園詩人陶淵明

作文撇步

「慾望像一頭填不飽肚子的怪獸」，把永遠也不滿足的慾望比喻作貪吃的怪獸，屬「譬喻修辭」法中的「明喻」。「口袋阮囊羞澀時，路邊一碗蚵仔麵線就讓你垂涎三尺；一旦口袋塞滿了鈔票，非得到大飯店用餐，點盡山珍海味才能滿足食慾」，上述文句是應用「映襯修辭」的技巧，將沒錢和有錢時對物質不同的渴望追求，加以比較。「家裡

過的是貧苦生活，卻甘之如飴，所謂「環堵蕭然，不蔽風日，短褐穿結，簞瓢屢空，晏如也」，為什麼住的房子無法擋風蔽雨，又穿的破破爛爛，家裡的米缸也常鬧「空城計」，詩人卻能感到快樂呢？原因無他，因懂得知足常樂。

知足的人懂得珍惜所擁有的，春天，他能欣賞百花盛開的美；夏天，他能沐浴在涼風下怡然自得；秋天，他能在月光下飲濁酒作好詩；冬天，他能享受白雪皚皚的飄逸。所以，對知足的人而言，快樂是唾手可得的事，一點也不遙遠呀！

歷史上多少在功名橫流裡溺死的人，他們都汲汲營營於虛名浮利，所以幸福離他們愈來愈遙遠，像李斯、韓愈、項羽等等。

知足才能快樂，你說，對不對？

的米缸也常鬧『空城計』」，是「借代」寫法，指無糧食。「春天，他能欣賞百花盛開的美；夏天，他能沐浴在涼風下怡然自得；秋天，他能在月光下飲濁酒作好詩；冬天，他能享受白雪皚皚的飄逸，這段話是應用「排比修辭」法。「歷史上多少在功名橫流裡溺死的人」，將抽象的功名具體化，為「轉化修辭」法中的「擬虛為實」。

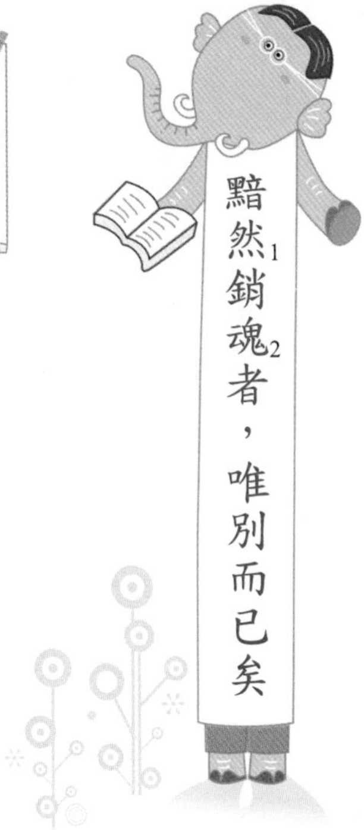

黯然[1]銷魂[2]者，唯別而已矣

原文節錄

黯然銷魂者，唯別而已矣。況秦吳兮絕國（何況秦國與吳國之間相距遙遠），復燕宋兮千里（燕國與宋國相隔千里）。或春苔（春苔：春天的苔痕）兮始生，乍（初；剛剛）秋風兮蹔（蹔：音ㄗㄢˋ，方才；方始）起。是以行子（行子：出門在外的人）腸斷（形容悲傷至極），百感悽惻（悽側：因情景淒涼而悲傷）。風蕭蕭（蕭蕭：擬聲詞。形容馬叫聲、風雨聲、流水聲、草木

解釋

1. 黯然：感傷沮喪的樣子。
2. 銷魂：指靈魂離開肉體，形容非常的悲哀。

譯文

最令人心神沮喪、失魂落魄的，莫過於別離呀！

典源

「賦」是韻文和散文的綜合體，講究詞藻、對偶、用韻的手法。〈別賦〉是一篇千古

搖落聲、樂器聲等等）**而異響**（異響：與往常不同的聲音），**雲漫漫**（漫漫：廣遠無際的樣子）**而奇色**（奇色：奇異的顏色）。

（南朝梁・江淹／別賦）

傳誦的抒情小賦。江淹以濃烈的抒情筆調，以環境烘托、情緒渲染、心理描摹等等文學藝術方法，透過對戍人、富豪、俠士、情人、遊宦、道士別離的描寫，生動的反映出齊梁時代社會動盪不安，人們傷離別的不捨情緒。

範文

思念是一條長長的河

起頭技巧：想像奔馳法

思念是一條長長的河，我在這一頭，母親在那一頭，遙遙對望，卻再也不能相逢，縱使相逢也是在夢中。

思念是一條長長的河，穿過小溪，越過平原，攀過高山，就是過不了陰陽兩相隔的奈何橋。奈何橋的那一頭有母親瘦弱的身影，慈祥的笑容，關愛的眼神；奈何橋的這一頭有我數不盡的相思，說不完的哀戚，掉不停的眼淚。

「黯然銷魂者，唯別而已矣」，「別」字是矗立在奈何橋頭的無情鐵柵，沒有飲盡孟婆湯的

作文撇步

「思念是一條長長的河」、「我的腦海是一張張相片」，這兩句屬「轉化修辭」法，前者是「擬虛為實」，後者是「擬人為物」。「穿過小溪，越過平原，攀過高山」，是應用「類疊修辭」法。「奈何橋」一詞是「借代」，表示生離死別。「奈何橋的那一頭有母親瘦弱的身影，慈祥的笑容，關愛的眼神；奈何橋的這一頭有我數不盡的相思，說不

人，誰也過不去，飲盡孟婆湯的人卻不能再回頭。黃泉路上，生死兩茫茫，陰間的人悲，陽間的人苦，悲苦交加，聲聲哭斷腸。

我的腦海是一張張相片，相片裡母親背著我，輕輕哼著搖籃歌；相片裡母親牽著我，陪我一步步慢慢走；相片裡母親倚門等待，因我夜深未歸來；相片裡母親閉著眼，擋不住病魔的摧殘。

思念是一條長長的河，我聲聲呼喚伴著棺木往前走，那是一條漫漫長路，深深的黑，哀哀的淚，雖然陪伴在母親身邊，卻是陰陽兩個世界。縱使哭乾了眼淚，哭啞了嗓子，也呼喚不回母親的生命。

思念是一條長長的河，我把無限思念化作春水，流到母親那一頭……

完的哀戚，掉不停的眼淚」、「相片裡母親背著我，輕輕哼著搖籃歌；相片裡母親牽著我，陪我一步步慢慢走；相片裡母親倚門等待，因我夜深未歸來；相片裡母親閉著眼，擋不住病魔的摧殘」，以上屬「類疊」和「排比」修辭法。

「『別』字是矗立在奈何橋頭的無情鐵柵」，將永別比喻作陰陽兩隔的鐵柵，屬「譬喻修辭」法中的「暗喻」。

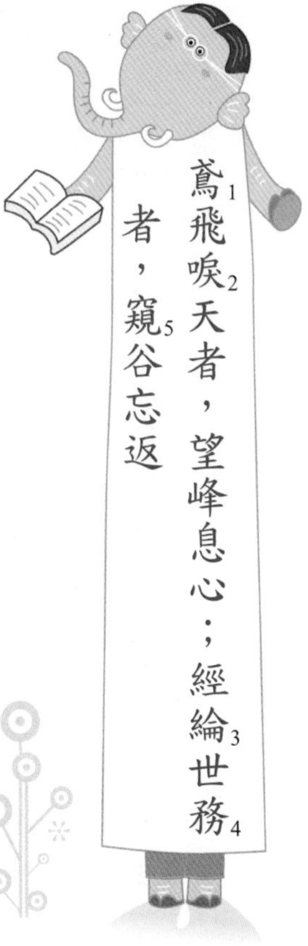

鳶[1]飛唳[2]天者，望峰息心；經綸[3]世務[4]者，窺[5]谷忘返

原文節錄

泉水激（激：沖擊）石，泠泠（音ㄌㄧㄥˊ ㄌㄧㄥˊ，形容聲音清越、悠揚）作響。好（美麗的）鳥相鳴，嚶嚶成韻（美麗的鳥兒嚶嚶的鳴叫，非常和諧、悅耳。嚶嚶：鳥和鳴聲）。蟬則千轉不窮，猿則百叫無絕。鳶飛唳天者，望峰息心；經綸世務者，窺谷忘返。橫柯（橫斜的樹枝）上蔽（遮蔽天日），在晝猶昏（即使白天也像

解釋

1. 鳶：音ㄩㄢ，猛禽類，以蛇、鼠、魚等等為生，也叫「老鷹」。
2. 唳：泛指鳥鳴。
3. 經綸：比喻謀劃治理國家大事。
4. 世務：指謀身治世的事。
5. 窺：從孔隙、隱蔽處察看。

譯文

在官宦仕途上如老鷹般一飛沖天的人，望一眼這麼美麗

黃昏般陰暗，看不見陽光）；疏條（稀疏的枝條）交映（交相掩映），有時見日（有時候也會灑落一絲絲光線）。

（南朝梁・吳均／與宋元思書）

的峰巒就會平息熱中名利的心；整天汲汲於謀劃治理世俗事務的人，看一看如此幽美的山谷就會流連忘返。

典源

本文屬書信體，作者以短札的形式，描寫了浙江省富陽縣至桐廬縣沿途秀麗的山水景物，是六朝山水小品中十分耀眼的小品文。作者的詩文多以描摹山川景物為主，其文辭清秀脫俗，時人稱「吳均體」。

範文

歷史人物的啓示

起頭技巧：建立疑問法

試問，誰不愛金銀財寶？若不愛，怎會有「人為財死」這句名諺。誰不愛大富大貴？若不愛，項羽怎會講：「富貴不歸，如錦衣夜行」。

縱觀歷史多少人因貪財而魂斷刀下，多少人因求虛名而家破人亡。戰國時代的李斯在名利的橫流裡奮力泅泳，雖如願以償的當上六國宰相，最後卻被趙高陷害，腰斬於咸陽市。他臨死前，哀傷的表示自己最大的願望，是和兒子牽著獵狗，一起去追逐野兔，過著與世無爭的生活。

李斯是一個人才，當年他入秦為相，提出不

作文撇步

「多少人因貪財而魂斷刀下，多少人因求虛名而家破人亡」，上述二句都重複出現「多少人」一詞，像這種相同的語詞隔句使用的修辭法，為「類疊修辭」法中的「類字」。「在名利的橫流裡奮力泅泳」、「耀眼的光芒其實是一把利刃」，這兩句屬「轉化修辭法」中的「擬虛為實」。「富貴如浮雲」，是援引孔子的話，屬「引用修辭」法中的少重大改革，他諳練政治，熟稔古籍詩文，卻不懂在亂世裡與暴君和小人共伍，應該藏拙，避免出風頭，一旦鋒芒畢露，將禍害無窮。想當年李斯一人獨擋眾口，寫下〈諫逐客書〉這篇流傳千古的文章，那時的他是多麼的得意揚揚！多麼的意氣風發！誰知耀眼的光芒其實是一把利刃，致自己於死地的罪魁禍首。

所謂「鳶飛唳天者，望峰息心；經綸世務者，窺谷忘返」，與其像李斯這般貪求達官厚祿，最後落到被腰斬，還不如放下貪得無饜的心，欣賞大自然風光，遊覽山谷的美麗。

「富貴如浮雲」，我從李斯身上深深了解「平凡才是幸福」這句話的真諦，衣錦還鄉固然神氣，然而錦衣夜行才是明哲保身之道。

「暗引」，同時也應用了「譬喻修辭」法。「衣錦還鄉」對比「錦衣夜行」，一個是白天刻意穿著華服，得意洋洋的回家鄉炫耀，一個是雖穿華服但選在夜深人靜時出現，非常低調，這種把相反的兩事物並列比較，即屬「映襯修辭」法中的「對襯」。

是以與善人居[1]，如入芝蘭[2]之室，久而自芳也；與惡人居，如入鮑魚之肆[3]，久而自臭也

原文節錄

是以與善人居，如入芝蘭之室，久而自芳也；與惡人居，如入鮑魚之肆，久而自臭也。墨子悲於染絲（染絲：將絲染色，比喻受薰陶），是之謂矣。君子必慎交遊（也作「交游」，結交朋友）焉。孔子曰：「無友不如己者（不要與道德修養不如自己的人作朋友）。」顏、閔（指孔子的得意門生顏淵、閔子騫）之

解釋

1. 善人：有賢德的人。
2. 芝蘭：香草的一種。
3. 肆：店鋪；市集。

譯文

如果常與有賢德的人相處，言行舉止就會不知不覺的受到影響，自然能養成良好的品德，就像在放了香草的房間待久了，身上也會有芝蘭的香氣；如果常與沒有品德的人相處，言行舉止就會不知不覺的

徒（徒：徒弟；學生），何可世得（何：強調程度深，相當於「多麼」。可：用於感嘆句，加強語氣。何可世得，哪裡是每一世都能出現的意思）！但優於我，便足貴之（也就足以讓我看重並且向他學習了）。

（北齊・顏之推／《顏氏家訓》慕賢）

受影響，也會跟著不知廉恥，就像在賣魚的市集中待久了，身上自然沾上魚腥味。

典源

《顏氏家訓》一書提到交朋友必須謹慎，就像在種了蘭花的房間待久了，自然會有蘭花的香味；若整天待在魚市場，身上就會散發魚腥味。由此可知，朋友的好壞，足以影響我們。

範文

論良友與損友

起頭技巧：引述名言法

古人說：「是以與善人居，如入芝蘭之室，久而自芳也；與惡人居，如入鮑魚之肆，久而自臭也」，這句話闡述的是交友的重要。與良友在一起，猶如進入充滿香草味道的房間，自然感染了香氣；相反的，不幸交了損友，猶如進入瀰漫魚腥味的市集，自然惹得一身臊味。

但是，哪種朋友才算是良友和損友呢？良友會引領你走向善道，他會苦口婆心的規勸你；有難時，他會義不容辭的幫助你；鼓勵你多學多看多問。至於損友恰恰相反，那種人向來口蜜腹劍，

作文撇步

「猶如進入充滿香草味道的房間，自然感染了香氣」對比「猶如進入瀰漫魚腥味的市集，自然惹得一身臊味」，為「映襯修辭」法中的「對襯」。「良友會引領你走向善道，他會苦口婆心的規勸你；有難時，他會義不容辭的幫助你；鼓勵你多學多看多問。至於損友恰恰相反，那種人向來口蜜腹劍，言不由衷；平日找你吃喝玩樂，大難來時，即溜

言不由衷；平日找你吃喝玩樂，大難來時，即溜之大吉，甚至落井下石；慫恿你擁抱酒色財氣，幹下不法勾當。

或許你週遭的朋友有良友也有損友，若是良友，別遲疑，要與他多多相處，切磋學業，學習他的優點，讓自己與良友成為交叉的兩條線，有共同點；若是損友，別猶慮，要快刀斬亂麻，與對方保持距離，讓自己與損友成為兩條平行線，永遠也沒有交集的一天。

人生道路上難免會遇到良友和損友，重要的是自己的抉擇。倘若自己也想吃喝玩樂，卻一味怪罪是損友的引誘，那即使把損友統統趕走，找來良友圍繞身旁，也無濟於事。你的朋友是良友或損友，務必睜大眼睛，好好的判斷。

之大吉，甚至落井下石；慫恿你擁抱酒色財氣，幹下不法勾當」，整段是應用「映襯修辭」法來對比良友和損友。

「讓自己與良友成為交叉的兩條線，有共同點」、「讓自己與損友成為兩條平行線，永遠也沒有交集的一天」，上述文句應用的修辭法為「譬喻修辭」法中的「暗喻」。

菩提[1]本非樹，明鏡亦非臺，本來無一物，何處惹塵埃

原文節錄

神秀竊聆眾譽（譽：稱許，讚揚），不復思惟（思惟：也作「思維」，思考的意思），乃於廊壁書一偈（偈：音ㄐㄧˋ，佛經中的唱詞）云：「身是菩提樹，心如明鏡臺。時時勤拂拭，莫遣（遣：使，讓）有塵埃。」師因經行（經行：行程中經過），忽見此偈，知是神秀所述，乃讚歎（歎，也寫作「嘆」）曰：

解釋

1. 菩提：佛教名詞，用來指大澈大悟的境界，也指覺悟的智慧和覺悟的途徑。

譯文

菩提是指大澈大悟的境界，本來就不是樹，明鏡也只是形容詞，並沒有所謂的鏡臺，若心能清澈，便能無物無我，又哪會沾染到塵埃呢？

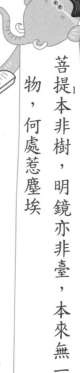

「後代依此修行，亦得勝果。」……能（指慧能）至夜，密告（祕密的告訴）一童子引至廊下。能自秉燭（秉燭：手持蠟燭），令童子（童子：古代指未成年的僕役）於秀偈之側寫一偈云：「菩提本非樹，明鏡（引申作見解清晰）亦非臺（臺：泛指作底座用的物體），本來無一物，何處惹（惹：染上；沾染）塵埃。」

（唐朝．弘忍大師／《景德傳燈錄》）

典源

唐朝的弘忍大師要弟子們寫四句格式的佛教詩歌，以判斷誰能繼承衣缽。有個叫神秀的弟子在牆壁上寫下：「身是菩提樹，心如明鏡臺。時時勤拂拭，莫遣有塵埃。」另一名弟子叫慧能，則寫下：「菩提本非樹，心鏡亦非臺，本來無一物，何假拂塵埃。」弘忍大師認為慧能的修行比神秀好，就把衣缽傳授給他。

範文

一則潔癖的故事

起頭技巧：開門見山法

我曾經聽過一則關於潔癖的故事，故事中的主人翁是位家庭主婦，她很努力扮演好自己的角色，既是賢妻也是慈母，在左鄰右舍的眼裡，她很熱心好客，人人都喜歡與她來往。

這樣的一個人看起來很完美也很幸福，其實不然。她始終不快樂，為什麼不快樂？因為她有潔癖。這位家庭主婦為了維持家庭的和諧，對於丈夫亂彈菸蒂、衣物隨地放、上廁所不掀馬桶蓋……以及小孩玩具扔滿地、喝過的飲料隨手扔等等，她都忍耐再忍耐，成了二十四小時跟在後頭

作文撇步

文章第一段先描述主人翁，一個很親切的人到底有怎麼樣的潔癖故事，引起讀者對文章產生好奇，進而閱讀下去，這也是寫文章的一種技巧。「她都忍耐再忍耐」、「再也無法呼吸，再也無法思考」，前者「忍耐」一詞重複出現，後者「再也無法」一詞隔句連續使用，屬「類疊修辭法」中的「類字」。「成了二十四小時跟在後頭收拾的機器

收拾的機器人。

如果有鄰居來訪，她會熱情的招待，待客人一走，潔癖成性的她，會瘋狂的拖地板、擦桌子，甚至連沙發套都拆下來清洗。久而久之，她被潔癖勒緊脖子，被潔癖控制了心靈，再也無法呼吸，再也無法思考，最後——她瘋了。

維護居家的整潔是正確的觀念，但若過於愛乾淨，恐會罹患強迫症，像故事中的女主角。佛家有句偈言：「菩提本非樹，明鏡亦非臺，本來無一物，何處惹塵埃」，正是勸人勿沉溺於執拗的深淵，阻撓自己的絆腳石不是別人，正是自己。

試著用包容的態度看待萬物，你會發現原來萬物都是清澈的，最須要擦拭反而是自己偏執的心靈。

人」，以「誇飾修辭」法來強調主人翁嚴重的潔癖。「她被潔癖勒緊脖子，被潔癖控制了心靈」、「執拗的深淵」，以上均應用「轉化修辭」法。「萬物都是清澈的」對比「最須要擦拭反而是自己偏執的心靈」，為「映襯修辭」法中的「對襯」。

陽春[1]召我以煙景[2]，大塊[3]假[4]我以文章[5]

原文節錄

夫天地者，萬物之逆旅（逆旅：旅舍）也；光陰者，百代之過客（過客：旅客）也。而浮生（浮生：即人生。因人生在世，虛浮不定，故稱）若夢，為歡幾何？古人秉燭夜遊，良有以也（的確有道理的意思。良：果然）。況陽春召我以煙景，大塊假我以文章。會桃花之芳園（芳園：芬芳的花園），序（通「敘」，說）天倫之樂事。群季（指數位弟弟。季：本義是幼

解釋

1. 陽春：即溫暖的春天。
2. 煙景：春天美麗的風光。
3. 大塊：天地；大自然。
4. 假：借。
5. 文章：指大自然提供給人們寫文章的素材。

譯文

溫暖和煦的春天用豔麗的美景來召喚我們，大自然中美好的景象也提供了我們寫文章的豐富題材。

小，此指弟弟）俊秀（形容人才智傑出），皆為惠連（指謝惠連，南朝宋文學家）；吾人詠歌（指作詩吟詠歌唱），獨慚康樂（自愧才學比不上謝靈運）。

（唐朝・李白／春夜宴從弟桃李園序）

典源

所謂的「從弟」是指堂弟，唐代有同姓的人聯成一個宗族的風氣，凡同姓者喜結為兄弟叔侄，該篇名提到的「從弟」即如此。李白藉著與諸眾弟聚會賦詩，而作此序文，全文雖僅百餘字，卻能緊扣題旨，層次井然有序，描寫了欣賞美景的喜悅、高談清論的抒懷、飲酒作詩的雅趣，顯得鏗鏘有力，韻味十足。

範文

○○一遊

起頭技巧：往事回憶法

期中考結束的第二天，恰逢週末，住在新莊的同學邀我去「青年公園」探險，我這台北土包子從未到過台北縣，據同學描述，與新莊丹鳳比鄰的青年公園，有非常可觀的植物、鳥類、蛙類、可愛的小動物等等，到此一遊，絕對值回票價。

你瞧！同學把青年公園講得好像是一本活生生的自然百科全書，在好奇心趨使下，我星期五在同學家過夜，第二天清早即到青年公園探險。

青年公園的入口處有棵老雀榕，精神抖擻的駐立一旁，歡迎遊客蒞臨。進入步道，映入眼簾

作文撇步

題目是「○○一遊」，只要寫出印象深刻的一趟遊玩，地點的遠近或是否為觀光勝地都沒有關係。「你瞧」，在此有表露情感的作用，當我們敘述事情時，內心情感澎湃，便把想像中的人、事、物當做在眼前，直接的呼喚、傾吐，就叫「呼告修辭」法。「把青年公園講得好像是一本活生生的自然百科全書」、「眼前彩蝶翩翩飛舞，如降臨凡間的仙

的是高聳入蒼天的榕樹，連綿不絕的枝幹沿途環繞，也算奇景之一。同學作嚮導，帶著我從樟腦寮步道拾級而上，因此時是春天，萬紫千紅的杜鵑花爭奇鬥艷，妝點了山頭，煞是美麗。四周傳來啁啁鳥語，伴隨撲鼻而來的花香，令人心曠神怡。眼前彩蝶翩翩飛舞，如降臨凡間的仙子，讓俗氣的我們也沾染了高雅的靈性。

詩仙李白曾云：「陽春召我以煙景，大塊假我以文章」，是讚美春天的和煦和大自然的美好，大自然蘊育萬物，提供人類美不勝收的景色和展現不同生命力的動植物，我們應以珍惜的心來愛護大自然。

子」，以上屬「譬喻修辭」法中的「明喻」。「青年公園的入口處有棵老雀榕，精神抖擻的駐立一旁，歡迎遊客蒞臨」，是「轉化修辭」法中的「擬物為人」。「映入眼簾的是直聳入蒼天的榕樹，連綿不絕的枝幹沿途環繞，也算奇景之一……萬紫千紅的杜鵑花爭奇鬥艷，妝點了山頭，煞是美麗」，屬「示現修辭」法中的「追述示現」，將發生的事物，憑藉想像力描繪出來。

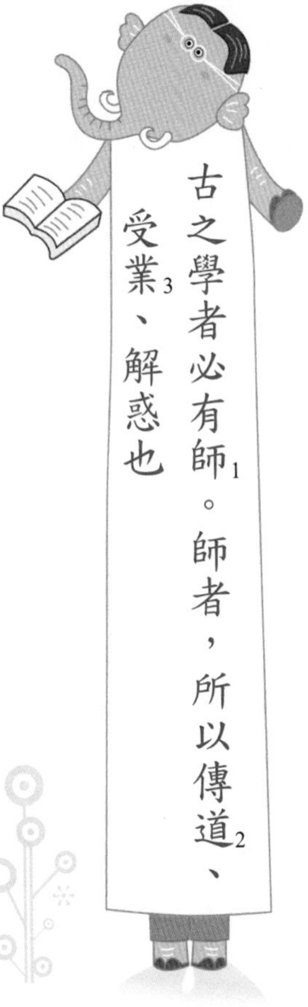

古之學者必有師[1]。師者，所以傳道[2]、受業[3]、解惑也

原文節錄

古之學者有師。師者，所以傳道、受業、解惑也。人非生而知之者（人不是生下來就懂得道理），孰（表示詢問或反問，相當於「誰」、「什麼」）能無惑？惑而不從師，其為惑也終不解矣。生乎吾前（出生在我前面），其聞道（聞道：領會某種道理）也，固（固然，表示轉折的語氣）先乎吾，吾從而師（師：效法；

解釋

1. 古之學者必有師：古時候求學問的人一定有老師指導。
2. 傳道：指傳授聖賢之道。
3. 受業：也作「授業」。傳授經、史、子、集之學。

譯文

所謂老師，就是傳授道理、授與知識、解答疑惑的人。

學習）之；生乎吾後，其聞道也，亦先乎吾，吾從而師之。吾師道也，夫庸（庸：豈，表示反問的語氣）知其年之先後生於吾乎？是故無貴無賤，無長無少（不論年齡大還是小），道之所存（道理在哪裡），師之所存也（老師也就在那裡）。

（唐朝．韓愈／師說）

典源

〈師說〉是韓愈力倡古文運動的一篇佳作。他在文章中揭示了老師的任務是「傳道」、「受業」、「解惑」，同時也明點因「人非生而知者」，所以必須向老師學習。而且老師必無貴賤長少之分，只要有值得學習的地方，都是我們的老師。

範文

我最敬愛的老師

起頭技巧：人物對白法

「花非花，霧非霧，夜半來，天明去。來如春夢無多時，去似朝雲無覓處。」當校園裡傳來字正腔圓，時陰柔多情時鏗鏘有力的詩詞朗誦時，別懷疑，那就是我的導師兼國文老師——白夢蝶。

我的國文老師喜歡盤髮髻，再插根細細長長的簪子，搭配那一雙流轉動人的鳳眼，和穿著呈現中國味的服飾，像極了從國畫裡款款走出來的古代美女，比第一名模還有風情呢！

白老師不僅名字詩情畫意，上起課來也是充

作文撇步

文章以吟唱唐朝詩人白居易的〈花非花〉——「花非花，霧非霧，夜半來，天明去。來如春夢無多時，去似朝雲無覓處。」起文，屬「引用修辭」法的「明引」，即明白點出引用自哪篇文章、哪本書、誰講的話等等。「時陰柔多情時鏗鏘有力」，這句話連續使用「時」字，屬「類疊修辭」法中的「類字」。「我的國文老師喜歡盤髮髻，再插根滿詩意，她擅長將唐詩宋詞或元曲融入主題，很自然的吟唱出來，所以我們的國文課也像古典詩詞吟唱課，班上每個同學都會信手拈來，吟唱個幾句，平添了幾分氣質。

白老師不僅國學底子好，熟稔詩詞曲，也很有愛心，對同學照顧有加，記得有一回，同學的媽媽生病住院，因部分醫藥費必須自費，無奈籌不出錢，白老師知道後，立刻義不容辭的掏腰包付費，而且還常常去探望學生家長呢！

古人說：「古之學者必有師。師者，所以傳道、受業、解惑也」，我很慶幸能遇見白老師，她不僅傳授我知識，還教導我做人的道理和建立正確的人生觀，是我最敬愛的老師。

細細長長的簪子，搭配那一雙流轉動人的鳳眼，和穿著呈現中國味的服飾」，該段是作者將自己所見的事物加以描述，屬「摹寫修辭」法中的「視覺摹寫」。「像極了從國畫裡款款走出來的古代美女」，是「譬喻修辭」法的應用。

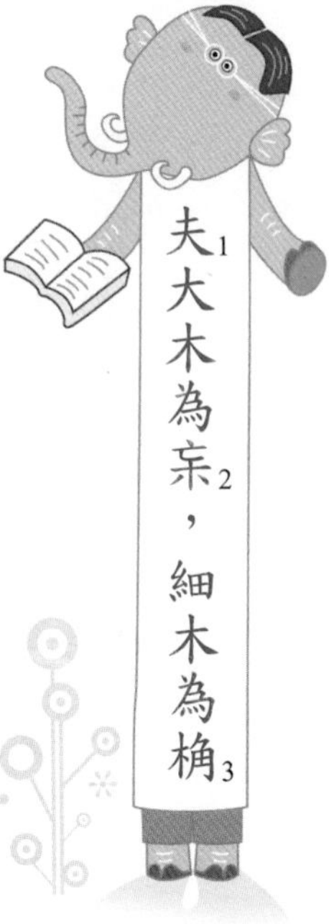

夫[1]大木為宗[2]，細木為桷[3]

原文節錄

夫大木為宗，細木為桷。欂櫨（音ㄅㄛˊ ㄌㄨˊ，柱頂上承托棟梁的方形短木，也叫「斗拱」）侏儒（指屋梁上的短柱），椳（音ㄨㄟ，承托門軸的門臼）闑（音ㄋㄧㄝˋ，古代門中央所豎立的短木）扂（音ㄉㄧㄢˋ，門閂）楔（音ㄒㄧㄝˋ，門兩邊的木柱）。各得其宜（各木材都能被使用在合適的地方），施以成（成：完成）室（房屋）者，匠氏之工（工：指精巧的技術）也。玉札（玉版刻的道

解釋

1. 夫：音ㄈㄨˊ，用在句子開頭，表示要發表議論。作助詞，無義。
2. 宗：音ㄇㄤˊ，房屋的大梁。
3. 桷：音ㄐㄩㄝˊ，方形的屋椽。

譯文

那些大的木材適合做房屋的大梁，小的木材適合做房屋的瓦椽。

書）、**丹砂**（古代道教徒常用來煉丹，可作藥用或製成顏料），**赤箭**（天麻的別名）、**青芝**（貴重的中藥材），**牛溲**（車前草的別名。也有人說是牛尿。溲，音ㄙㄡ，排泄大小便），**馬勃**（賤價的藥材），**敗鼓之皮**（賤價的中藥材），**俱收並蓄**（全部儲藏齊備），**待用無遺**（無遺：沒有遺缺）者，**醫師之良也**（良：高明）。

（唐朝‧韓愈／進學解）

典源

〈進學解〉一文是韓愈任國子博士時所作，虛擬向學子訓話，勉勵他們精益求精，而學子提出問題，他再加以說明，所以叫「進學解」（使學業有進步的意思）。

文中，韓愈抒發了自己懷才不遇、仕途多舛的慨嘆；也藉由學生的提問，突出了自己學習、捍衛儒道和從事寫作的努力；以及有力的襯托了自己坎坷的際遇。

範文

努力發揮自己的長處

起頭技巧：引述名言法

韓愈說：「夫大木為杗，細木為桷」，是強調每樣東西都有不一樣的用途，大的木材適合做房屋的大梁，小的木材適合做房屋的瓦椽，萬萬不可妄自菲薄，看輕自己。

為什麼毫不起眼的小木材也有用途呢？關鍵在於能發揮所長。每個人都有自己的優點，也許已經展現出來，贏得掌聲；也許還潛藏在體內，等待時機成熟時再一飛沖天，發揮本領。重要的是，長處要能用對地方，試想，有機械天才的人不去深研學問，反而去做拆解贓車的勾當，這就

作文撇步

首段引用名句來扣緊主題，每個人都應努力發揮自己的長處，不可妄自菲薄。「為什麼毫不起眼的小木材也有用途呢」，以反問來引出主旨，是「設問修辭」的技巧。「也許已經展現出來……也許還潛藏在體內」，「也許」二字隔句接連使用，為「類疊修辭」法中的「類字」。「一飛沖天」是形容有所表現，讓人刮目相看。「有機械天才的人不

不是發揮長處，反而是糟蹋了專業，蔑視了天分，多麼可惜呀！

無論是高個子、矮個子、胖子、瘦子，或長得如花似玉，或長得貌不驚人，都有自己獨特的優點，並非矮的、胖的、醜的就一無是處。至於如何發揮長處呢？當然要靠不斷的學習，讓博深的知識、開朗的性格、積極的人生觀富裕了你的「長處存款簿」。

西諺說：「如果不能綻放熱情，就散發溫柔」，不是運動好手的你，卻能在文采方面展現光芒，何須自艾自怨，看輕自己。唯有盡情發揮自己的長處，才能發現原來自己是那麼的亮麗，那麼的璀璨。

去深研學問，反而去做拆解贓車的勾當」，這句是反諷有本事的人卻不走正途，同時也說明做非法勾當不叫發揮長處，是糟蹋專業。「富裕了你的『長處存款簿』」，其「富裕」由形容詞轉為動詞，是「轉品修辭」法，這句意味讓自己的長處愈來愈多，本事愈來愈強。

小人之好議論[1]，不樂成人之美[2]

原文節錄

人之將死，其臟腑（即五臟六腑。中醫總稱人體內部的器官，包括：心、肝、脾、肺、腎，叫五臟。胃、膽、三焦、膀胱、大腸、小腸，叫六腑）必有先受其病（病：重病；傷痛嚴重）者；引繩而絕之（拉緊繩子，用力扯斷。引：拉。絕：斷裂），其絕必有處。觀者見其然（有人看到這種情形），從而尤（尤：責備；怪罪）之，其亦不達（達：通達）於理（理：事理）矣！

解釋

1. 議論：評論人或事物的是非、好壞。
2. 成人之美：成全他人為善的美名。

譯文

小人喜歡評論他人是非、好壞，不願有成全他人為善的美名。

典源

張中丞即張巡，是唐玄宗

小人之好議論，不樂成人之美，如是哉（竟然到了這樣的地步。如是：像這樣子。哉：表示感嘆的語氣）！

（唐朝・韓愈／張中丞傳後敘）

時的進士，曾擔任縣令的官位。安史之亂，張巡與許遠同守睢陽，不幸兵敗被俘，與部將三十六人同時殉難。亂事平定後，朝廷小人散布張巡和許遠投降敵軍，其實是為賊將助長聲勢的流言。韓愈對此流言感到憤憤不平，覺得散布流言的人既捏造罪名，又投井下石，不仁又不義，便慨然寫此序，為罹難的張巡等人申冤。

範文

多一點鼓勵，少一點批評

起頭技巧：實際舉例法

日前曾在報紙上看到一篇文章，大意是說有個人接到業務員來電推銷新款手機，他很有耐心的等對方講完話，才委婉的拒絕，說明自己僅是朝九晚五的上班族，不須要頻頻換手機，同時也為對方的熱誠介紹表達謝意，並且鼓勵她再接再厲，一定可以交易成功。孰料對方竟然感動的哭了起來，表示第一次有人願意聽她把產品介紹完，沒「啪」一聲掛斷電話，或破口大罵。

原來一句鼓勵的話可以溫暖人心，讓人從谷底爬起來，振翅飛回藍空。奇怪的是，鼓勵的話

作文撇步

「啪」是狀聲詞，形容槍聲、掌聲、東西撞擊聲等等。「原來一句鼓勵的話可以溫暖人心，讓人從谷底爬起來，振翅飛回藍空」，上述文句是應用「轉化修辭」法。「看到別人啜泣，反而沾沾自喜；看到別人受挫，反而洋洋得意」，該句兼有「類疊」、「映襯」修辭法。「看到別人」一詞隔句連續使用，為「類疊修辭」法中的「類字」。「沾沾自

這麼有力量，又這麼受人歡迎，為什麼大多數的人都吝於開口呢？探究其原因，可能是因為社會結構改變，人與人之間少有互動，加上工作壓力大，嚴厲指責、批評別人成為情緒出口的管道。

古人說：「小人之好議論，不樂成人之美」，小人，可解釋作缺乏德智修養的人，也就是像這樣的人才好批評，吝於鼓勵他人。因為他們心胸狹隘，不願意成全別人，看到別人啜泣，反而沾沾自喜；看到別人受挫，反而洋洋得意。

誰都喜歡被鼓勵，鼓勵別人表示肯定對方的潛力，潛力可以開發，所以受到鼓舞的人，彷彿浴火重生，對未來充滿希望。你今天說了鼓勵的話嗎？如果沒有，請熱誠的說出來，對方一定可以感受到你的誠意，進而歡欣鼓舞呢！

喜」對比「洋洋得意」，為「映襯修辭」法中的「對襯」。「誰都喜歡被鼓勵，鼓勵別人表示肯定對方有潛力，潛力可以開發」，上述句子中「鼓勵」在第一句句末，又在第二句句首出現，屬「頂真修辭」的寫作技巧。簡單的說，「頂真」是引用前文末尾的字或詞，作為後文開頭的字或詞，呈現上遞下接趣味的修辭法。

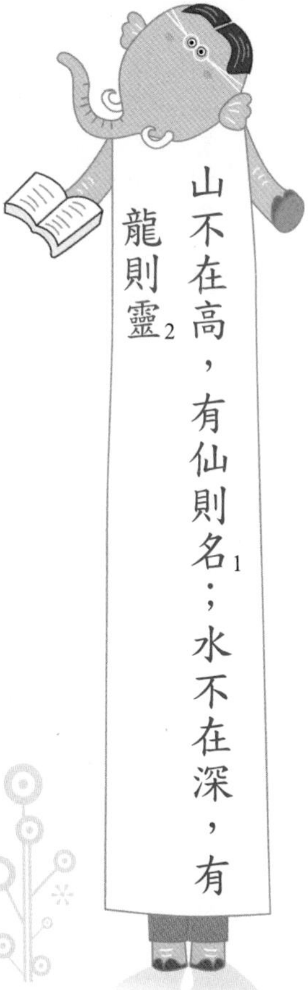

山不在高，有仙則名[1]；水不在深，有龍則靈[2]

原文節錄

山不在高，有仙則名；水不在深，有龍則靈。斯是陋室（斯、是二字均為指示代詞，可指人、事物、處所等等，相當於這、這樣、這裡），惟吾德馨（德馨：指德行馨香）。苔痕上階綠（苔痕上布滿了階石，一片翠綠），草色入簾青（草色映入簾幕，滿室蔥綠）。談笑有鴻儒（鴻儒：泛指有學問的人），往來無白丁（白

解釋

1. 名：享有名聲。
2. 靈：威靈聖明。

譯文

山不在於高低，有神仙居住即聲名遠播；水不在於深淺，有蛟龍潛藏即顯得聖明。

典源

銘，是古代一種稱頌功德或申明鑑戒的押韻文體，常刻於鐘鼎碑碣上。〈陋室銘〉一

丁：不學無術的人）。**可以調素琴**（素琴：不加雕繪裝飾的琴），**閱金經**（金經：佛道經籍）。**無絲竹**（絲竹：泛指樂器）**之亂耳**（使聽力紊亂），**無案牘**（案牘：古官員日常處理的文件）**之勞**（勞累。作動詞）**形**。**南陽諸葛廬**（指三國諸葛亮），**西蜀子雲亭**（指漢代揚雄）。**孔子云：「何陋之有**（有什麼理由認為它是粗陋呢）。」

（唐朝．劉禹錫／陋室銘）

文僅八十一字，卻生動的譜出一曲陋室謳歌，該文以排比句「山不在高，有仙則名，水不在深，有龍則靈」起頭，接下來，以白描手法來寫景物的翠青和與有學問的朋友談笑的樂趣。「南陽諸葛廬，西蜀子雲亭」一句，是援引典故。文末以孔子之語作結，表示劉禹錫對道德規範執意追求的堅定信念。全文應用了譬喻、排比、映襯、白描、典故，字字句句均擲地有聲。

範文

我的書房

起頭技巧：實際舉例法

唐朝詩人劉禹錫曾以「山不在高，有仙則名；水不在深，有龍則靈」的押韻文體，來頌揚自己居住的陋室。我雖然沒有大詩人的才華和風情，卻幸運的也擁有屬於自己的書房。

書房門口掛了一塊軟木塞板，旁邊稍微用打火機燒過，呈現復古感，再黏上自製的滿天星乾燥花，看起來頗有幾分雅味。板子上面寫著：定風坡軒。「定風坡」是源自宋朝大文豪蘇東坡的一闋詞，因為很欣賞詞意中所表現出來的豁達和灑脫，所以用詞牌名當作書房的名字。

作文撇步

作文題目是「我的書房」，顧名思義要介紹自己讀書、寫功課的房間，裡面陳設了哪些東西、有什麼特色都是可抒發的。如果都在茶几或飯桌上讀書、寫功課，沒有自己專屬的書房，也可以想像如果將來有自己的書房，希望是什麼模樣、如何布置等等。「書房門口掛了一塊軟木塞板，旁邊稍微用打火機燒過，呈現復古感，再黏上自製的滿天星乾我的書房大約三坪，面積雖不大，卻足以用「麻雀雖小，五臟俱全」來形容，除了必備的書桌、書櫃、單人床，還有衣櫥和電腦桌，幾乎每寸地方都充分利用，看起來整潔有致，一點也不擁擠。

書桌上放了塊透明塑膠墊，下面壓了我收藏的書籤、照片等，每一張都有我的回憶，是友情、親情交織成的美麗世界。桌上除了課本、參考書，還有常用到的字、辭典，以及鬥魚「甜姐兒」。每天晚上，甜姐兒都伴著我讀書，是我的好夥伴。書桌旁是單人床，鋪上了我最愛的卡通床單，睡在上面，所有的疲倦自然一掃而空呢！

書房是我獨享的世界，也是我抒解壓力和自我充實的好地方。

燥花」、「書桌上放了塊透明塑膠墊，下面壓了我收藏的書籤、小卡片、照片等等」、「桌上除了課本、參考書，還有常用到的字、辭典，以及鬥魚甜姐兒」，以上是把所看到的用文字來描述，屬「視覺摹寫」修辭法。「是友情、親情交織成的美麗世界」，是「轉化修辭」法中的「擬虛為實」，也就是以物擬物，將抽象的友情、親情比擬做具體實物，交織成美麗的世界。

禮[1]之大本[2]，以防亂[3]也

原文節錄

臣聞禮之大本，以防亂也。若曰無為賊虐（不能夠讓殺人的兇手逍遙法外。無為：不做；別做。賊虐：殘害），凡為子（為子：為人子女）者殺無赦（赦：音ㄕㄜˋ，減輕或免除對罪犯的刑罰）。刑（刑法）之大本，亦以防亂也。若曰無為賊虐，凡為理（為理：指地方官吏）者殺無赦。其本則合（它們的根本作用是一致的），其用則異（採取的方式則不同），旌（音ㄐㄧㄥ，

解釋

1. 禮：指道德和言行規範的泛稱。
2. 大本：根本；事物的基礎。
3. 防亂：防止叛亂。

譯文

我聽說禮的根本作用，是為了防止人們作亂。

典源

柳宗元任禮部員外郎時，有個叫徐元慶的人，為報父仇

表彰）與誅莫得而並焉。誅其可旌，茲謂濫（濫：指亂殺），黷（音ㄉㄨˊ，濫用）刑甚（甚：超過）矣；旌其可誅，茲謂僭（僭：音ㄐㄧㄢˋ，超出本分），壞（破壞；敗壞）禮甚矣。

（唐朝・柳宗元／駁復仇議）

而殺死朝廷官員趙師韞，然後去自首。當時的諫諍之官陳子昂上〈復仇議狀〉給皇帝，表示徐元慶殺人應判死刑，但是報父仇的行為應該表揚。柳宗元不以為然，提出了不同的看法，他藉由〈駁復仇議〉一文，駁斥陳子昂的觀點，認為徐元慶報殺父之仇是合乎禮義，又合於法律，應該給予肯定、表揚。

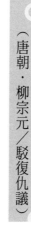

範文

我對「禮」的看法

起頭技巧：建立疑問法

何謂禮？辭典上解作：我國古時候制定的行為準則和道德規範。從釋義來看，禮的作用無非是提供人們在品德和言行上可遵循的標準，所謂「禮之大本，以防亂也」，正是這個道理。人們因為禮的制定而了解哪些事可以做，哪些事不能做，言行有了可遵循的規範，自然不容易做出逾矩的事情。

試想，如果沒有禮的約束，將是一個什麼樣的社會？謾罵、偷竊、搶劫、誹謗、貪汙……如出籠的怪獸，張牙舞爪，在社會上興風作浪，沒

作文撇步

首段先解釋「禮」的定義，再扣緊主題抒發。「謾罵、偷竊、搶劫、誹謗、貪汙……如出籠的怪獸，張牙舞爪，在社會上興風作浪」，兼有「譬喻」、「轉化」修辭法。把謾罵、誹謗、貪汙……視作出籠的怪獸，屬「譬喻修辭」法中的「明喻」。將謾罵、偷竊、搶劫等不法行為比擬作張牙舞爪的怪獸後，再描述這些行為在社會上興風作

有國法、沒有倫常、沒有正義，人人為所欲為，認為「只要我喜歡，有什麼不可以」。

相反的，若有禮來約束人們的言行，人們將知道謾罵、偷竊、搶劫、誹謗、貪汙……都是違背禮教的，而且也是犯法的，有了這樣正確的觀念，人人自然會守禮，社會也能詳和安寧。

「禮」不僅與人息息相關，也與國家、世界有著密不可分的關係。人與人之間因為有禮，懂得彼此尊重，為他人著想；國家因為有禮，元首和官員不會利用職權行貪汙之便，而是竭盡心力為百姓謀福利；世界因為有禮，國與國將沒有爭戰，共同為維護和平而努力。

「禮」的規範和遵守是那麼的重要，你說，能不好好的提倡嗎？

浪，屬「轉化修辭」法。「沒有國法、沒有倫常、沒有正義」，屬「類疊修辭」法中的「類字」。「人與人之間因為有禮，懂得彼此尊重，為他人著想；國家因為有禮，元首和官員不會利用職權行貪汙之便，而是竭盡心力為百姓謀福利；世界因為有禮，國與國將沒有爭戰，共同為維護和平而努力」，上述這段屬「排比修辭」法。

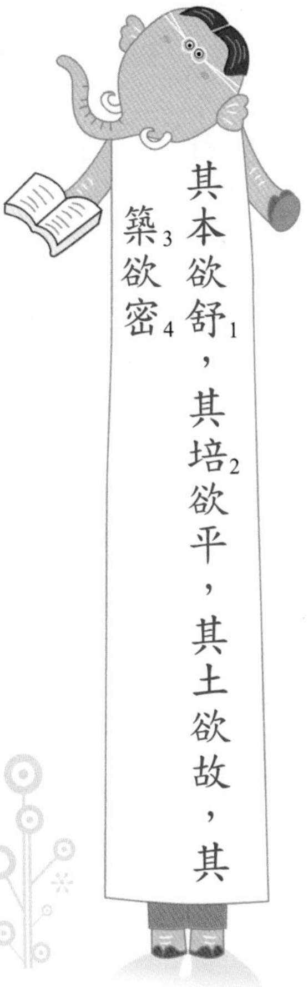

其本欲舒1，其培2欲平，其土欲故，其築3欲密4

原文節錄

橐駝非能使木壽且孳（孳：音ㄗ，滋生；快速生長）也，能順木之天（順應樹木自然生長的規律）以致（致：使達到）其性焉爾。凡植木之性（種植樹木的習性要求）：其本欲舒，其培欲平，其土欲故，其築欲密。既然已（這樣做了以後），勿動勿慮（慮：擔心），去不復顧（顧：回首；回視）。其蒔（蒔：音

解釋

1. 舒：伸展；展開。
2. 培：音ㄆㄟˊ，給植物的根部或其他物體的根基加土，有加強保護、使堅固的作用。
3. 築：搗土使堅實。
4. 密：緊密。

譯文

樹根要舒展，培土要均勻，移栽樹木要保留根部的舊土，搗土要細密。

ㄕˊ，移栽；種植）**也若子**（若子：像培育子女般細心呵護），**其置也若棄**（栽種後要擺放旁邊像要丟棄一樣），**則其天者全而其性得矣**（那麼樹木的生長規律就可以不受破壞，而能夠依照本性自然的生長）。

（唐朝．柳宗元／種樹郭橐駝傳）

典源

中唐時期，政治昏暗，官吏擾民、傷民之事時有耳聞。柳宗元塑造了一位叫郭橐的駝子，很善長種植樹木，而導出「養人」和「養樹」一樣，不能以繁瑣政令來擾民，一會兒派差吏來催促百姓耕田，一會兒又擊鼓召集。這樣一來，百姓光應酬慰勞差吏都來不及了，哪有空致力於農事，收成不好，生活當然無法安定。

範文

我與〇〇

起頭技巧：直述原因法

因為鄰居要搬家了，便將一盆迷你仙人掌送我，致使我和仙人掌結下情誼。

我將仙人掌放在緊鄰窗戶的書桌上，伴著我讀書、寫功課、上網，有時疲倦了，抬頭看看它，那油綠帶著一根根尖刺的外形，猶如精神抖擻的將軍，手持兵器，隨時準備上疆場殺敵，頓時，我的疲憊也被嚇得無影無蹤。

古人養植物講究要「其本欲舒，其培欲平，其土欲故，其築欲密」，仙人掌卻只要日晒充足，空氣流通，以及適當的水，即可以長得很健

作文撇步

題目是「我與〇〇」，不設限抒寫的對象，屬可以天馬行空發揮的文章。一般而言，抒寫的對象常是正面的人或物，若非正面的，也一定要寫出具積極性的想法，切記勿寫成愛與不良少年吃喝玩樂、沉迷漫畫或網咖樂不思蜀等等不健康的觀念。「我的疲憊也被嚇得無影無蹤」、「那朵蓮花像是絕望中遇見的美麗驚喜」、「我敲碎了沮喪」，這

康。它不像嬌嫩的花，要放在手心裡呵護。有時整整一個多星期忘了澆水，它也不會奄奄一息，就是這種禁得起磨難的特質，深深的吸引了我。

記得有一次期中考，國文考不及格，那種震驚比被五雷轟頂還令我受創，國文一直是我的強項，怎麼可能考得這麼支離破碎呢？我沮喪的坐在書桌前，整個人彷佛魂飛魄散，當我無力的抬起頭，瞥見書桌上的仙人掌開花了！我不敢相信的再瞧個仔細，那花朵的直徑約一公分，粉嫩的顏色，看起來像極了高雅的蓮花。

那朵蓮花像是絕望中遇見的美麗驚喜，人，不也應該學仙人掌般努力綻放美麗嗎？我敲碎了沮喪，重新拾起國文課本，和自己約定，一定要讓國文分數閃耀光芒。

三句都是「轉化修辭」法。「那油綠帶著一根根尖刺的外形，猶如精神抖擻的將軍」，是「譬喻修辭」法。「那種震驚比被五雷轟頂還令我受創」，以「誇飾修辭」法來強調受到嚴重的打擊。

皓月千里，浮光[1]躍金[2]，靜影[3]沉璧

原文節錄

至若（表示另提一事，作連詞）春和（春光和暖）景明，波瀾（音ㄅㄛ ㄌㄢˊ，波濤）不驚，上下天光（天光：日光；天空的光輝），一碧萬頃（形容青綠無邊際）；沙鷗翔集（翔集：眾鳥飛翔後群集在一起），錦鱗游泳；岸芷（芷：音ㄓˇ，白芷，香草名）汀（音ㄊㄧㄥ，水邊平地）蘭，郁郁（香氣濃烈）青青（形容草木顏色翠綠）；而或長煙（長煙：瀰漫在空中的霧氣）一

解釋

1. 浮光：水面或物體表面反射出來的光影。
2. 躍金：像金光跳動閃爍。
3. 靜影：指幽靜的月影。

譯文

皓皓明月，月光千里。水面上浮動的光影，像是跳躍著萬點金星；月影停留在靜謐的水中，又像是一塊圓潤的玉璧。

空，皓月千里，浮光躍金，靜影沉璧；漁歌互答，此樂何極（這樣的樂趣是多麼的無窮無盡啊）！登斯樓也，則有心曠神怡（心曠神怡：心胸開朗，精神愉悅），寵辱偕（偕：音ㄒㄧㄝˊ，一起；共同）忘，把酒（手執酒杯，指飲酒）臨風（迎風），其喜洋洋（形容非常得意或歡樂的樣子）者矣。

（北宋・范仲淹／岳陽樓記）

典源

〈岳陽樓記〉是范仲淹應友人滕子京之約而作，文中描寫湖上美景隨著天氣的變化，或明麗、或慘淡，卻各有迷人之處。范仲淹雖寫岳陽樓之美，卻也將心中的悲、喜融入景中，雖寫抒情卻見心志，表達「先天下之憂而憂，後天下之樂而樂」的理想，可見作者民胞物與的胸懷。

範文

印象深刻的一個夢

起頭技巧：驚嘆共鳴法

好冷！好冷！這幾天氣溫像溜滑梯般急速下滑，僅有九度，冷颼颼的空氣自顧自的盡情飆舞。在這種寒流的午夜，我卻無法早早上床，為了明天的國文考試，我顫抖的身體燃起了劈哩啪啦的火花，埋首背誦五柳先生傳、桃花源記……

寒冬終於走了，春神捎來了溫暖的祝福，頻頻催促人們出外踏青、賞月。黃昏時分，我騎著腳踏車追逐著夕陽，沒有目的地的踩著輪子往前走。也不知騎了多久，火紅的太陽漸漸的隱沒，月色悄悄的籠罩著大地，星星閃爍著眼睛，映入

作文撇步

以「好冷！好冷！」起頭，像這種帶有情緒激動的語氣，能很快熱絡文章的氣氛，是寫文章的技巧之一。「冷颼颼的空氣自顧自的盡情飆舞」、「我顫抖的身體燃起了劈哩啪啦的火花」、「春神捎來了溫暖的祝福，頻頻催促人們出外踏青、賞月」，以上均屬「轉化修辭」法，第一句屬擬人法，把冷颼颼的空氣當作人來描述；第二句屬擬物法，

我眼簾的是清澈如水的湖面，好一幅「皓月千里，浮光躍金，靜影沉璧」的美景，莫非我來到了桃花源？

這時，耳際傳來銀鈴般的笑聲，我定眼一看，有幾個人走了過來，他們看見我，起初愣了一下，後來親切的邀我去家裡作客。從交談中，才知道他們是為了躲避核子戰爭，紛紛來到這塊仙境。過著自給自足的生活，栽種有機菜、水果、無汙染的米，飼養的家禽也都吃天然肥料。原來我來到了未來世界，想到地球即將遭遇的浩劫，我不禁打了個冷顫，人也開始天旋地轉……

「砰！」我猛然撞到桌子，我撫摸著額頭，才發現自己做了一個怪夢。夢醒了，但是課文還沒背熟，我彷彿聽見陶淵明的笑聲……

把人當作鞭炮般會引燃冒出火花；第三句也屬擬人法，把春天當作人來描寫。「火紅的太陽漸漸的隱沒，月色悄悄的籠罩著大地，星星閃爍著眼睛」，屬「視覺摹寫」法。「砰」，是狀聲詞，模擬物體撞擊的聲音。

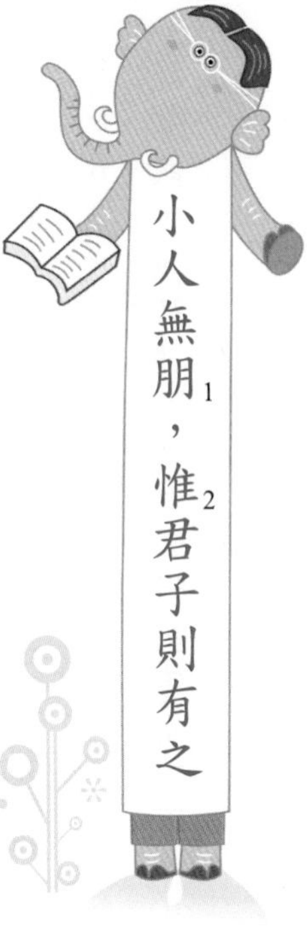

小人無朋[1]，惟[2]君子則有之

原文節錄

然臣謂小人無朋，惟君子則有之。其故何哉（這是什麼原因呢）？小人所好（好：音ㄏㄠˋ，喜好）者祿利（祿利：爵祿之利）也，所貪者財貨也。當其同利之時（當他們利益相同的時候），暫相黨引以為朋者（暫時的結為朋黨），偽也；及其見利而爭先，或利盡而交疏（交疏：交情疏淺），則反相賊害（賊害：殘害），雖其兄弟親戚，不能相保（相保：互相保護）。

解釋

1. 朋：勾結；結黨。
2. 惟：只；單單。

譯文

小人並沒有朋黨，只有君子才有。

典源

宋仁宗時，朝廷裡的大臣形成兩大勢力，各以范仲淹和呂夷簡為首，兩派相互攻訐，誰也不讓誰。後來，范仲淹、故臣謂小人無朋，其暫為朋者，偽也。君子則不然。所守（守：奉行）者道義，所行（行：履行）者忠信，所惜者名節。以之修身（修身：陶冶身心，涵養德性），則同道（同道：指志趣相同）而相益（相益：相互補益）；以之事國，則同心而共濟（共濟：互相幫忙）；始終如一，此君子之朋也。

（北宋・歐陽脩／朋黨論）

歐陽脩等人被視為勾結黨派而遭貶放。

幾年後，范仲淹等人支持的一派復得勢，歐陽修便上呈〈朋黨論〉，提出只有君子才會真心誠意的結為「朋黨」，為國效忠為民謀福利；小人結為「朋黨」是虛假的，只為爭名奪利。

範文

論「小人無朋，惟君子則有之」

起頭技巧：建立疑問法

何謂「黨」？志同道合的人所組成的有組織、有理想的團體，叫「黨」；因利益和損害關係而結成的小團體，也叫「黨」。差別在哪裡？前者是君子結黨，後者是小人結黨。君子結黨是有目標有理想；小人結黨是利益掛勾。

「結黨」並非壞事，端看結成黨派後，做了什麼事。自古以來，上自朝廷命官下自庶民百姓都會結黨，有人結黨是為民喉舌、為民謀福利；有人結黨是官商勾結、是自肥；也有人結黨是群聚鬧事，為惡鄉里。相反的，結黨成一股力量，

作文撇步

文章中大量運用「映襯」法來比較君子和小人結黨的差異，以扣緊主題，例如：「君子結黨是有目標有理想；小人結黨是利益掛勾」、「有人結黨是為民喉舌、為民謀福利；有人結黨是官商勾結、是自肥；也有人結黨是群聚鬧事，為惡鄉里。相反的，結黨成一股力量，保鄉衛國者也大有人在」、「君子結成的黨派是為民意奔走，為民眾爭取權益；

保鄉衛國者也大有人在。

北宋的歐陽脩曾言：「小人無朋，唯君子則有之」，大意是說：小人並沒有朋黨，只有君子才有。因為歐陽脩是從正面角度來看結黨一事，他認為小人所結成的小團體並非是結黨，僅僅是爭名奪利罷了。一旦出事，各自鳥獸散。然而君子結黨卻大不同，君子結黨後，討論的是民生利益、國家大事，一旦遇到危難，彼此相扶持，手牽手，肩並肩，迎向驚濤駭浪，絕無利己之私。

以古觀今，結黨也有君子和小人之分，君子結成的黨派是為民意奔走，為民眾爭取權益；小人結成的黨派想的是如何炒股票，如何攀權附貴，如何與民爭利。無論是古或今，君子或小人結黨之差異如天壤之別，毋須置喙。

小人結成的黨派想的是如何炒股票，如何攀權附貴，如何與民爭利」。文中的「手牽手，肩並肩，迎向驚濤駭浪」一句，其「驚濤駭浪」是指打擊、挫折，這種把抽象的概念，或看不見的東西，藉由具體的事物來表達，叫「象徵修辭」法。

四時[1]之景[2]不同，而樂[3]亦[4]無窮[5]也

原文節錄

若夫（至於。常用於句首或段落的開始，表示另提起一件事）日出而林霏（林霏：樹林中的雲氣。霏：音ㄈㄟ，雨、雪紛飛，煙、雲盛多）開，雲歸（乘雲歸去）而巖穴（巖穴：即山洞）暝（暝：音ㄇㄧㄥˊ，昏暗），晦明（黑夜和白晝）變化者，山間之朝暮（朝暮：早晚）也。野芳（野花）發（開花）而幽香（清淡的香氣），佳木秀而繁陰（繁陰：樹蔭濃密，也作「繁蔭」），風

解釋

1. 四時：指春夏秋冬四季。
2. 景：景色；風景。
3. 樂：樂趣。
4. 亦：也。
5. 無窮：沒有邊際或盡頭。

譯文

春夏秋冬四季的景色雖都不同，然而賞景的樂趣卻無窮無盡。

霜高潔（高潔：比喻詩文風格高雅古樸、簡練），水落而石出者，山間之四時也。朝而往，暮而歸，四時之景不同，而樂亦無窮也。

（北宋・歐陽脩／醉翁亭記）

典源

宋慶曆五年，歐陽脩因直諫犯上，被貶至滁州任太守。當時適值豐年，歐陽脩便常寄情於山水，進而認識了琅琊寺的智仙和尚，成為好友。後來，智仙和尚請人在山腰蓋了座亭子，方便太守遊覽時可休憩、飲酒作詩。落成當天，歐陽修將亭子命名作「醉翁亭」，並提筆寫下流芳千古的〈醉翁亭記〉。

我愛春夏秋冬

起頭技巧：開門見山法

我愛春夏秋冬！愛春天的繁花盛開，愛夏天的熱情豔陽，愛秋天的詩情畫意，愛冬天的白雪皚皚。宋朝的無門慧開禪師有首偈，寫道：「春有百花秋有月，夏有涼風冬有雪，若無閒事掛心頭，便是人間好時節。」正是以大智大慧來看待春夏秋冬，欣賞春夏秋冬的美。

春夏秋冬是大自然賦予人類最美麗最珍貴的無價之寶，無奈人們常醉心於聲色犬馬的歡樂，而忽略了春天繁花綻放的芬芳，夏天涼風習習的喜悅，秋天明月的皎潔，冬天雪花飄飄的浪漫。

作文撇步

「愛春天的繁花盛開，愛夏天的熱情豔陽，愛秋天的詩情畫意，愛冬天的白雪皚皚」、「春天繁花綻放的芬芳，夏天涼風習習的喜悅，秋天明月的皎潔，冬天雪花飄飄的浪漫」、「春天，是踏青的好時節，來到郊外，迎接你的是充滿生命力的萬物，嫩芽生長，小鳥歡唱，蝴蝶飛舞……春天，彷彿是一幅百看不厭的藝術品……冬天，暖陽的親你們說，這不是很可惜嗎？

春天，是踏青的好時節，來到郊外，迎接你的是充滿生命力的萬物，嫩芽生長，小鳥歡唱，蝴蝶飛舞……春天，彷彿是一幅百看不厭的藝術品；夏天，是熱情奔放的好時節，來到海邊，擁抱你的是熱情海洋，與浪花共舞，與海水嬉戲，與沙灘玩耍……夏天，彷彿是活力四射的陽光男孩；秋天，是分享幸福的好時節，皎潔的滿月，愉悅的烤肉，傳說的故事……秋天，彷彿是溫柔多情的女子；冬天，暖陽的親吻，雪花的飄逸，圍爐的幸福……冬天，彷彿是施展魔法的仙子。

古人說：「四時之景不同，而樂亦無窮也」，只要你用心體會，用心觀察，就可以享受春夏秋冬帶來的歡樂呢！

吻，雪花的飄逸，圍爐的幸福……冬天，彷彿是施展魔法的仙子」，以上均屬「排比修辭」法。「春有百花秋有月，夏有涼風冬有雪，若無閒事掛心頭，便是人間好時節」，援引古人詩句來佐證論點，為「引用修辭」法中的「明引」。「用心體會，用心觀察」「用字」一詞隔句連續出現，為「類疊修辭」法中的「類字」，凡「類字」一定是「排比」。

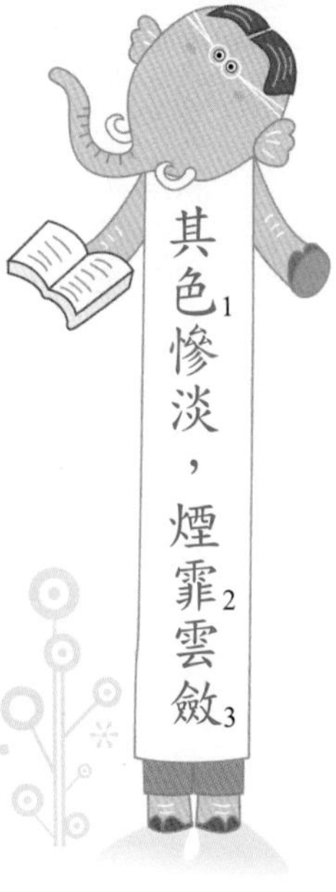

其色[1]慘淡，煙霏[2]雲斂[3]

原文節錄

其色慘淡，煙霏雲斂；其容清明，天高日晶（日晶：太陽）；其氣凜冽（凜冽：非常寒冷），砭（音ㄅㄧㄢ，古時用石針刺皮肉治病）人肌骨（肌骨：肌肉與骨骼）；其意蕭條（蕭條：凋零），山川寂寥（寂寥：沉寂；寂靜無聲）。故其為聲也，淒淒（悲傷的樣子）切切（哀怨憂傷的樣子），呼號（大叫；呼喊）憤發（振作；振奮。也作「奮發」）。豐草綠縟（縟：ㄖㄨˋ，坐臥

解釋

1. 色：指秋天的景象。
2. 煙霏：雲煙瀰漫。
3. 雲斂：白雲聚集。

譯文

秋天的景象是憂鬱的，煙霧迷濛白雲聚集。

典源

歐陽脩寫〈秋聲賦〉一文時，年值五十三歲，秋天蕭條的景色牽引了大詩人敏銳的

的墊具）而爭茂，佳木蔥籠（蔥籠：形容草木青翠而茂盛）而可悅；草拂（拂：音ㄈㄨˊ，掠過；輕輕擦過或飄動）之而色變，木遭之而葉脫；其所以摧敗（摧敗：挫敗）零落者，乃其一氣之餘烈。

（北宋・歐陽脩／秋聲賦）

心，遲暮之情油然而生，而寫下這篇文章。起頭即扣住秋聲來著墨，以「聽覺摹寫法」（聞有聲自西南來者）、「層遞法」（初淅瀝以蕭颯，忽奔騰而砰湃，如波濤夜驚，風雨驟至）、「轉化法」（又如赴敵之兵，銜枚疾走，不聞號令，但聞人馬之行聲）來描摹秋聲，使人聞其聲，如臨其境。同時又把秋聲的淒淒切切，比擬成人們憤怒的狂號，十分具震撼力。

範文

秋天的故事

起頭技巧：開門見山法

秋天給人的印象是「其色慘淡，煙霏雲斂」，充滿了傷感、憂鬱、蕭條的氛圍，而有關秋天的故事也瀰漫著回憶和哀怨，回憶往日的歡樂，哀怨今日的寂寥。

躺在二手衣回收箱的是一件桃紅色洋裝，那是新娘子的母親親手車出來的。歸寧當天，新娘子春風滿面的穿上這件洋裝，喜氣洋洋的回娘家，那時的洋裝是多麼的意氣風發！多麼的備受寵愛！

然而，隨著時間荏苒，一件又一件時尚的衣服進駐了新娘子的衣櫃，把桃紅色洋裝擠得快透

作文撇步

作文題目是「秋天的故事」，首段先營造秋天傷感、憂鬱、蕭條的氛圍，再從氣氛中扣緊主題抒寫。「回憶往日的歡樂，哀怨今日的寂寥」，該句兼有「排比」和「映襯」修辭法。「多麼的意氣風發！多麼的備受寵愛」，「多麼的」一詞隔句重複使用，是「類疊修辭」法中的「類字」。「把桃紅色洋裝擠得快透不過氣來」、「把對女兒的

不過氣來，但是最令洋裝難過的是，她聽到新娘子說：「當初怎麼會選這麼豔的顏色，好俗氣！」新娘子的母親認為桃紅色代表了幸福和嬌豔，擅長女紅的她，把對女兒的祝福、疼惜、寵愛統統車進衣服裡，祈望女兒永遠那麼的嬌豔，那麼的幸福。

颳人的冷風陣陣吹來，桃紅色洋裝也冷得直發抖，為了讓身體暖和些，洋裝努力的回憶昔日的歡樂，那歡樂像一股暖流溫熱了受傷的心，也鼓舞洋裝振作起來，以樂觀的態度迎向未來……

幾天後，社區警衛把回收箱裡的衣服統統送給窮困的婦人，一星期後，婦人穿著桃紅色洋裝喜孜孜的參加兒子的喜宴，洋裝的嬌豔不減當年，一樣擁有滿滿的幸福……

祝福、疼惜、寵愛統統車進衣服裡」、「桃紅色洋裝也冷得直發抖」、「洋裝努力的回憶昔日的歡樂，那歡樂像一股暖流溫熱了受傷的心」，以上均屬「轉化修辭」法。第一句、第三句、第四句都是把桃紅色洋裝擬人化，描述洋裝像人一樣也會被擠得透不過氣，也會因冷而顫抖，會回憶往日的歡樂；第二句是把無形的關懷形象化，也就是「擬虛為實」。

泰山崩[1]於前而色[2]不變，麋[3]鹿興於左而目不瞬[4]

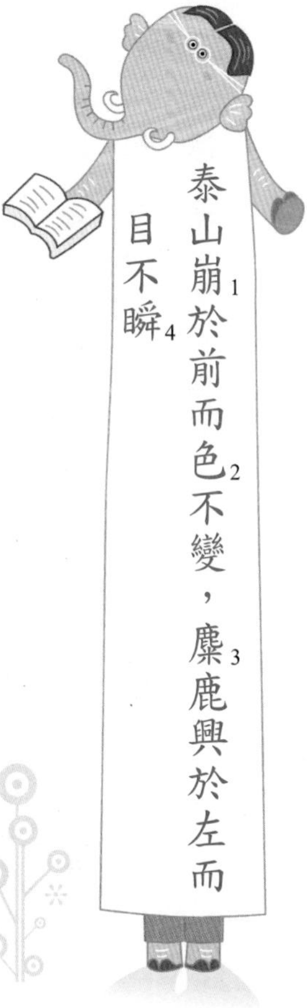

原文節錄

為將（當將領）之道，當先治心（治心：修養自身的思想品德，包括：耐力、智謀、膽識等）。泰山崩於前而色不變，麋鹿興於左而目不瞬，然後可以制（制：判斷）利害（指形勢的便利、險要），可以待（待：防備；抵禦）敵。凡兵（兵：用兵，率領士兵）上義（崇尚正義）；不義，雖利勿動（即使對於我方有

解釋

1. 崩：倒塌。
2. 色：臉色；臉部表情。
3. 麋：音ㄇㄧˊ，麋鹿。是一種哺乳動物，雄的有角，角像鹿，頭像馬，身子像驢，蹄子像牛，性溫順，以植物為食。也叫「四不像」。
4. 瞬：眼珠轉動；眨眼。

譯文

即使泰山在眼前崩塌，也要面不改色；即使麋鹿在眼前

好處，也不可以輕舉妄動）。非一動之為利害（並非一發動攻擊就會造成失敗），而他日將有所不可措手足（即手足無措，形容不知所從的樣子）也。夫惟義可以怒士（使士兵振奮起來。怒：激怒），士以義怒（士兵激起義憤），可與百戰。

（北宋・蘇洵／心術）

突然出現，也要眼睛都不眨一下。

典源

〈心術〉一文是以《孫子・計篇》的「將者，智、信、仁、勇、嚴也」為中心思想，加以議論闡述其理。蘇洵提出要為正義而戰、要善於養兵和指揮軍隊、要知己知彼、要能虛張聲勢，嚇唬敵人，正符合「智、信、仁、勇、嚴」，是身為將帥必備的五種德性。

範文

眞正勇敢的人

起頭技巧：建立疑問法

什麼樣的人才叫勇敢？是為了表明心意，從二樓一躍而下的痴情男女？或為了替朋友出氣，拔刀相向的莽漢？抑或服藥自盡，一了百了的人？其實，這些人都不算是勇者，他們有人是被愛情沖昏了頭；有人是血氣方剛，一時衝動；有人是忍受不了挫折，所以做出莽撞的行為。

另外，有些人雖然流著汗，滴著血的披荊斬棘，人人誇其勇敢，卻無法拒絕金錢、美色的誘餌，甘願成為其奴隸，敗壞自己的名節，這樣的人也不算是勇敢。

作文撇步

以提問的寫法來起頭，可引起讀者共同思考，進而認同主題。「有人是被愛情沖昏了頭；有人是血氣方剛，一時衝動；有人是忍受不了挫折，所以做出莽撞的行為」，以上三句字數相當、句法結構相似、敘述同一性質的意思，屬「排比修辭」法；「有人」一詞隔句反覆出現，亦兼具「類疊修辭」法中的「類字」。「能不改其色，所以不會衝動行事；

到底什麼樣的人才叫勇敢？我認為真正勇敢的人是面臨危難時不改其色，面臨誘惑時能不為所動，所謂「泰山崩於前而色不變，麋鹿興於左而目不瞬」，能不改其色，所以不會衝動行事；能不為所動，所以不會利慾薰心。這樣的人才是真正勇敢的人。

我國跆拳道國手蘇麗文於二〇〇八年北京奧運中，在與克羅埃西亞選手對打時，因為腳傷而跌倒了十一次，卻又奮起十一次，不服輸的運動家精神感動了全場人士，雖沒有贏得獎牌，卻贏得漂亮的榮耀。像蘇麗文這種展現高度意志力的行為，才是真正勇敢的人。

我，也要學習蘇麗文這種不挫不敗的精神，做個真正勇敢的人！

能不為所動，所以不會利慾薰心」，上述這段話也屬「類疊修辭」法中的「類字」。文中援引蘇麗文跌倒了十一次，卻又奮起十一次的實例，為「引用修辭」中的「明引」。

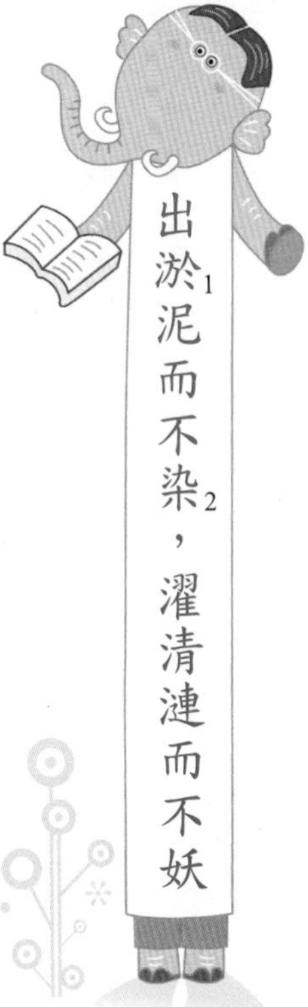

出淤[1]泥而不染[2]，濯清漣而不妖

原文節錄

水陸草木之花（生長在水中陸地的花花草草），可愛（令人喜愛）者甚蕃（蕃：音ㄈㄢˊ，繁多）。晉陶淵明獨愛菊；自李唐（李唐：唐朝皇帝姓李，故稱「李唐」）來，世人甚（甚：音ㄕㄣˋ，表示程度深，相當於「很」、「非常」）愛牡丹；予（音ㄩˊ，我）獨愛蓮之出淤泥（即汙泥）而不染，濯（音ㄓㄨㄛˊ，洗滌）清漣

解釋

1. 淤：音ㄩ，指水底沉積的泥沙。
2. 染：沾染。

譯文

生長在汙濁的泥土中卻不被沾染，在清淨的水裡洗滌後也不顯得妖媚。

典源

周敦頤是北宋著名的哲學家，也是理學的開山始祖。他

（水清澈而有細波紋）而不妖（豔麗）。

（北宋・周敦頤／愛蓮說）

當年曾在廬山蓮花峰下的小溪旁，築屋而居，以家鄉的舊房子「濂溪」二字命名，故人稱「濂溪」先生。〈愛蓮說〉全文僅一百一十九個字，作者以自己獨愛蓮花的清幽不俗，來隱喻自身清高的道德情操；相反的，以世人皆愛豔麗的牡丹，來暗諷人們汲汲追求名利、貪婪的嘴臉。

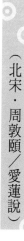

範文

蓮花與玫瑰的故事

起頭技巧：建立疑問法

你聽過蓮花與玫瑰花的故事嗎？故事的內容是這樣的……人聲、車聲鼎沸的台北花市裡，琳瑯滿目的鮮花正綻放著青春，期待自己遇上愛花，惜花的有緣人。玫瑰花挺直枝幹，迎風展現風華，她嬌滴滴的說：「這麼漂亮的我，最適合到氣派的花店，我可不想到菜市場或路邊攤，那裡好寒酸！」

在一旁的蓮花微笑著說：「其實只要能遇到有緣人，在哪裡被賣出去都沒關係呢！」蓮花永遠記得家族傳下來的一句話：「我們蓮花的美貴

作文撇步

「琳瑯滿目的鮮花正綻放著青春，期待自己遇上愛花，惜花的有緣人」，該句將鮮花擬人化，像人一樣也有心願。「愛花，惜花」中的「花」，隔句連續出現，屬「類疊修辭」法中的「類字」。「我可不想到菜市場或路邊攤，那裡好寒酸」對比「其實只要能遇到有緣人，在哪裡被賣出去都沒關係呢」，把玫瑰花和蓮花不同的價值觀相比較，屬「映

在良善的品德，能「出淤泥而不染，濯清漣而不妖」，不愛慕虛榮，不貪取虛名。」

不一會兒，玫瑰花果然被整批買走了，明天這些花將用在企業家第二代的婚禮上，豔麗的花色最適合用來襯托喜宴的氣氛。「祝你好運喔！」玫瑰花驕傲的拋下這句話。一小時候，蓮花被一個單親媽媽買走，她因為被迫休無薪假，只好批些花束拿去菜市場叫賣，好支付家裡開銷。

婚禮當天，新娘子在滿是玫瑰花的喜宴上出現了，人人都稱讚新娘子比花嬌比花美，沒有人關心玫瑰花，也沒有人讚嘆玫瑰花的風華。蓮花呢？單親媽媽因為販賣蓮花而暫時渡過經濟難關，她把賣剩的一朵蓮花插在女兒手捏的陶瓶裡，放在飯桌上，與女兒心滿意足的一起吃晚餐……

襯修辭」法。文中寫到玫瑰花被知名的花店老闆批走時，玫瑰對蓮花說：「『祝你好運喔！』」玫瑰花驕傲的拋下這句話。」這句話是為玫瑰花後來的際遇所安排的伏筆，玫瑰花雖然在氣派的喜宴上出現，卻比不上新娘子的風采；而蓮花雖被單親媽媽買走，卻飽受重視。喻金錢買不到幸福，唯有後此關心才能夠過幸福的日子。

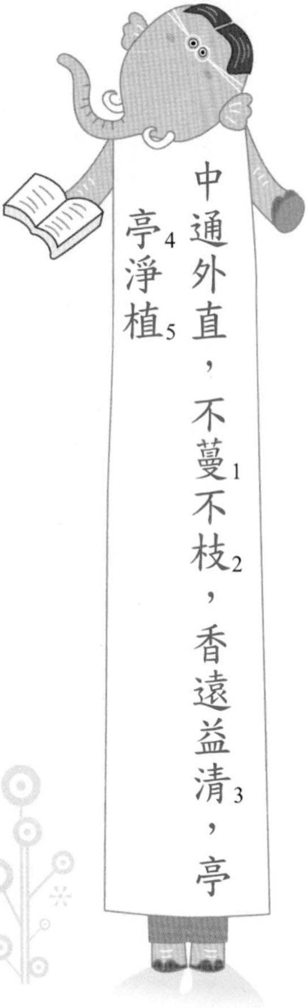

原文節錄

中通外直（中心貫通，外表筆直），不蔓不枝（本指蓮莖挺直而無蔓生的分枝，後也常用來比喻言談簡要、文章精練，不拖泥帶水），香遠益清（香氣遠播更覺得清雅幽靜），亭亭靜植，可遠觀（觀：觀賞）而不可褻玩（褻玩：音ㄒㄧㄝˋ ㄨㄢˊ，親近而玩弄）焉（助詞，無義，用於句末，有加強語氣的作用）。予（我）謂菊，

解釋

1. 蔓：蔓延；滋長。
2. 枝：指幹莖分杈。
3. 清：形容花卉的味道清香幽雅。
4. 亭亭：直立的樣子。
5. 植：挺立貌。

譯文

蓮花的莖幹是中心貫通，外表挺直，既沒有蔓延生長的枝莖，也沒有多餘的分杈，香氣散播到遠處，依然覺得清

花之隱逸者也（菊花在花中是象徵高潔的隱士）；牡丹，花之富貴者也（牡丹是花中代表富貴人家的）；蓮，花之君子者也（蓮是花中象徵才德高尚的君子）。噫（音ㄧ，嘆詞，表示呼告的語氣）！菊之愛，陶後鮮（鮮：音ㄒㄧㄢˇ，稀少的意思）有聞（聞：聽到）；蓮之愛，同予者何人（像我一樣喜愛蓮花的人還有誰呢）；牡丹之愛，宜（應該，應當）乎眾（眾多的意思）矣。

（北宋．周敦頤／愛蓮說）

幽，她直挺的立在水面上，人們只可以遠遠的觀賞，不可以過於親近玩弄。

典源

見第一六三頁「出淤泥而不染，濯清漣而不妖」的典源。

範文

我最喜歡的花

起頭技巧：建立疑問法

你喜歡什麼花呢？是代表純潔的百合？豔麗逼人的玫瑰？或意喻崇尚自由的天堂鳥？還是……每種花都蘊涵了不同的意義，也各有特色，難分軒輊，如果讓我選擇，我選擇蓮花。

多年來，蓮花一直是我最喜歡的花，粉紅蓮花像清純的少女，惹人憐愛；紫色蓮花像高雅的仕女，引人注目；黃色蓮花像充滿愛心的女子，令人尊敬。宋朝理學大師周敦頤獨愛蓮花，愛蓮花的「中通外直，不蔓不枝，香遠益清，亭亭淨植」，凡夫俗子的我卻喜歡蓮花的純真。

作文撇步

首句拋出一連串的問句：「你喜歡什麼花呢？是代表純潔的百合？豔麗逼人的玫瑰？或意喻崇尚自由的天堂鳥」，沒有答案，主要是引起讀者共同思考，進而有興趣閱讀下去，這種修辭法就叫「設問修辭」法。「粉紅蓮花像清純的少女，惹人憐愛；紫色蓮花像高雅的仕女，引人注目；黃色蓮花像充滿愛心的女子，令人尊敬」，以上三句字數相近、為什麼呢？因為蓮花香而不嗆的味道像與君子交，不黏不膩，友誼卻能長存；柔嫩的花色顯得高雅卻不貴氣逼人，像親切的鄰家少女，容易與人相處；含苞時瘦瘦長長，綻放時卻毫無保留，像肚量大的人，不藏私不矯情。

大多數的花只插一朵就顯得單薄，像瑪格麗特、菊花、愛麗絲、滿天星等等，蓮花卻不然，單插一朵給人單純的美，好幾朵聚在一起，則給人合群的美德。每逢家人、朋友生日，我都愛送蓮花，也許是一朵，也許是一束，簡簡單單的用宣紙包裝起來，沒有多餘的裝飾品，卻一樣有著迷人的風華。

蓮花，是我最喜歡的花，喜歡她的單純，喜歡她的淡泊。

句法結構相似、都是描述不同顏色的蓮花所代表的意思，屬「排比修辭」法。「不黏不膩」、「瘦瘦長長」、「不藏私不矯情」，都屬「類疊修辭」法，第一句和第三句的「不」，同一字隔句連續使用，是「類字」技巧；第二句「瘦瘦長長」，同一字接連使用，是「疊字」技巧。「像肚量大的人，不藏私不矯情」，將蓮花比喻成有肚量的人，是運用「譬喻修辭」法。

夫[1]雞鳴狗盜[2]之出其門，此士之所以不至也

解釋

1. 夫：音ㄈㄨˊ，助詞，無義。
2. 雞鳴狗盜：比喻微不足道的小技能，也可以用來指專做些不法事情的人。

譯文

因為雞鳴狗盜之徒都是孟嘗君門下的食客，這才是真正的人才不願意投奔到他門下的原因。

原文節錄

嗟乎（音ㄐㄧㄝ ㄏㄨ，表示感嘆的語氣）**！孟嘗君特雞鳴狗盜之雄**（雄：頭目、為首的人）**耳，豈**（哪裡）**足以言得士？不然，擅**（獨攬的意思）**齊之強**（強：強大），**得一士焉**（焉：助詞，用於句末，有加強語氣的作用），**宜**（應該；應當）**可以南面**（南面：作動詞，南面稱王）**而制**（制：制服）**秦，尚取雞鳴狗盜之**

力哉（哉：助詞，表示感嘆的語氣）？夫雞鳴狗盜之出其門，此士之所以不至也。

（北宋・王安石／讀孟嘗君傳）

典源

有關齊國宰相孟嘗君的故事流傳甚多，其中「雞鳴狗盜」講的就是孟嘗君與門下食客的趣聞。據說，當年孟嘗君受困秦國時，幸好門下食客有人會學狗鑽洞和學雞啼，才能化險為夷，逃過死劫。

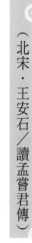

我對孟嘗君的食客的看法

起頭技巧：實際舉例法

大家對「雞鳴狗盜」這句成語一定不陌生，講的是戰國時代貴族孟嘗君與食客的故事。世人們認為孟嘗君門下的食客雖高達三千多名，但也因來者不拒，素質參差不齊，以致品德高尚，才能傑出的人反而不願意投奔到門下效力，所謂「夫雞鳴狗盜之出其門，此士之所以不至也」，就是諷刺孟嘗君的食客沒有一個是真正的人才，僅會「雞鳴」和「狗盜」的小把戲。

孟嘗君的食客裡真的沒有人才嗎？我倒不認為。什麼是人才？辭典上解釋為有才學的人，也

作文撇步

以「雞鳴狗盜」這句成語來切入主題，抒發對孟嘗君的看法，屬「引用修辭」法。「僅會『雞鳴』和『狗盜』的小把戲」，這句中「雞鳴」對「狗盜」，屬「對偶修辭」法的「句中對」。「孟嘗君的食客裡真的沒有人才嗎？我倒不認為」，是應用「設問修辭」法中的「提問」，也就是為了提起下文而發問，答案就在問題的後面。「若空有才能和學

就是須具備才能和學識。然而，若空有才能和學識卻孤芳自賞，沒有發揮實際效用，這樣一來，不是比僅有小技藝的人還遜色？

孟嘗君的食客雖僅會模仿動物叫聲，或擁有縮骨功，能在小小的狗洞裡鑽進鑽出，但是他們發揮了自己的專長，用專長為主人解圍，不也值得喝采？海洋學家對大海的資訊非常熟稔，相對於僅會游泳的小才藝，游泳技術有種不登大雅之堂的羞赧。然而，若遇海難，整艘船的海洋學家都是旱鴨子，可想而知結局有多悲慘；當初船上若有會游泳的人，不就可以扭轉厄運嗎？

幾千年來，孟嘗君的食客備受世人嘲笑，被冠上「雞鳴狗盜」的標籤，甚至把這種技能引申作專做不法事情的人，實在是太冤枉了。

識卻孤芳自賞沒有發揮實際效用，這樣一來，不是比僅有小技藝的人還遜色」，把有大本事卻沒有發揮出來對比有小本領卻能完全發揮，是將兩者不同的事物作比較，屬「映襯修辭」法中的「對襯」。末段，總結全文為孟嘗君平反，認為世人認為孟嘗君的食客盡是些「雞鳴狗盜」之徒，實在太冤枉人。像這種可提出看法的作文題目，並不限答案，只要是非觀念正確，都可以發揮。

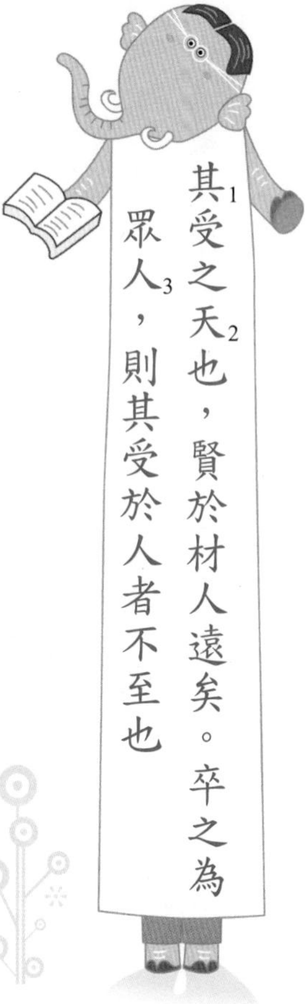

其[1]受之天也，賢於材人遠矣。卒之為眾人[3]，則其受於人者不至也

解釋

1. 其：指方仲永。
2. 受之天：上天給予的天賦。
3. 眾人：指普通人。

譯文

他有天賦，比起努力學習而成功的人要優越多了。然而最終還是和平常人差不多，那是因為沒有受到常人所受的教育的緣故。

原文節錄

王子（即王安石自稱。子：音ㄗˇ，人的通稱）曰：「仲永之通悟（通悟：通達聰明），受之天也。其受之天也，賢於材人遠矣。卒之為眾人，則其受於人者不至也。彼其受之天也，如此其賢也（他的天賦是那麼的優異），不受之人（沒有受到像一般人的教育栽培），且為眾人。今夫不受之天（不受之天：指沒有優異天賦的人），固（本來）眾；**又不受之人，得為眾人而已邪**（恐怕會連一個普通人都不如吧。邪：音ㄧㄝˊ，助詞，無義，用在句末表示疑問或反問的語氣，相當於「呢」、「嗎」）」！

（北宋・王安石／傷仲永）

典源

據說宋朝年間，有個神童叫方仲永，能無師自通的寫字作詩，幫父親賺了很多錢。到了二十歲，方仲永因為長期沒有受教育，才學變得很普通，人們再也沒興趣找他寫字、作詩了。王安石聽到這個傳聞後，十分感嘆，便寫了〈傷仲永〉一文，提醒世人：想要有成就不能光靠天賦，應該好好栽培孩子，讓孩子受教育。

範文

努力比天才重要

起頭技巧：實際舉例法

「我的孩子唸英語資優班！」「呵呵！我的孩子考上數理資優班，很難考耶！」

這些話從父母口中而出，字字句句都化成了彩蝶，春風滿面的飛翔在藍空中。自己的孩子是資優生，是天才，為人父母有多麼驕傲呀！在他們的想法裡，天才兒童永遠是天才，永遠和成功畫上等號，然而，真的是這樣嗎？

宋朝有個小孩子叫方仲永，因太聰明了，所以父親成天帶著他到處炫耀，也不好好栽培他，過了幾年，他的才學變得和普通人沒有兩樣，再

作文撇步

首段舉出父母間常出現的對話來切入主題，進一步闡述努力比天才重要。「呵呵」一詞是模擬笑聲，是狀聲詞的一種，寫作時擅用狀聲詞，可讓文章顯得生動活潑。「字字句句都化成了彩蝶，春風滿面的飛翔在藍空中」、「用學習來豐富成長的風景」，這兩句都是應用「轉化修辭」法。把字句比擬成飛翔的彩蝶，是「以物擬物」；把成長歲月的點點

也沒有富豪或王公貴族找他作詩了。

當時的宰相王安石知道這件事後，感嘆的說：「其受之天也，賢於材人遠矣。卒之為眾人，則其受於人者不至也」，天才兒童方仲永的遭遇多麼令人惋惜呀！他雖然有過於常人的天賦，卻反被天才的光環所蒙蔽，沒有好好努力，沒有下工夫，以致幾年後，和一般小孩子沒有兩樣。

即使是天才，也要接受教育和栽培，學習知識，學習技能，用學習來豐富成長的風景。若自恃是天才而不肯虛心學習，努力下工夫，縱然是天才也是枉然，因為沒有天才，只有努力的工夫。努力的工夫愈深厚愈紮實，才能愈有成就。

滴滴看做是風景，用不斷的學習來美化風景，是「擬虛為實」，將充實的成長歲月形象化。文中的「豐富」本形容詞，此作動詞，是「轉品修辭」法。「天才兒童永遠是天才」中的「天才」一詞，語詞循環使用，是「回文修辭」的技巧。「學習知識，學習技能」，「學習」一詞隔句連續出現，是「類疊修辭」法中的「類字」技巧，為「單句對」。

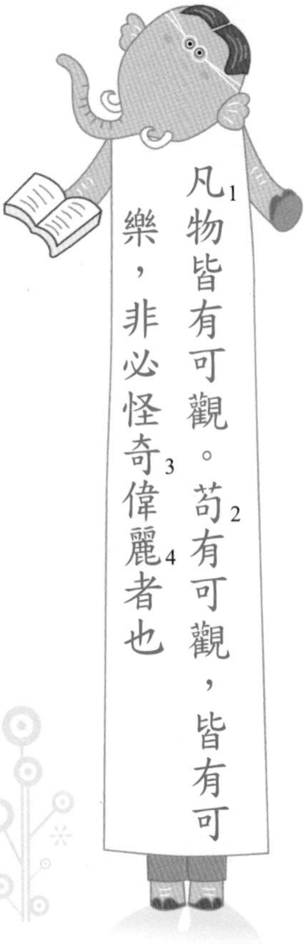

凡[1]物皆有可觀。苟[2]有可觀，皆有可
樂，非必怪奇[3]偉麗[4]者也

原文節錄

凡物皆有可觀。苟有可觀，皆有可樂，非必怪奇偉麗者也。餔（音ㄅㄨ，吃；食）糟（酒糟；釀酒剩下來的渣滓）啜（音ㄔㄨㄛˋ，飲用）醨（音ㄌㄧˊ，味道淡的薄酒），皆可以醉；果蔬草木，皆可以飽。推此類也，吾安往而不樂（我到哪裡會不快樂呢）？夫所為求福而辭（辭：推辭）禍者，以福可喜而禍可悲也。人之

解釋

1. 凡：概括、總括的語詞。
2. 苟：如果；倘使。
3. 怪奇：怪異奇特。
4. 偉麗：奇特絢麗。

譯文

凡是事物皆有可觀賞的地方。如果有觀賞的地方，就一定有快樂，不一定是奇險偉麗的景色。

所欲無窮（窮：止盡），而物之可以足吾欲者有盡，美惡之辨戰於中（分辨好和壞的考量在內心交戰），而去取之擇交乎前（擇交乎前：眼前抉擇），則可樂者常少，而可悲者常多，是謂求禍而辭福（這就是求禍而避福的道理）。

（北宋・蘇軾／超然臺記）

典源

蘇軾寫〈超然臺記〉時，是在密州任職，每天只能吃枸杞、菊花。但是，大文豪蘇軾以坦然知足的天性面對困境，他在公事閒暇之餘，常與眾人登臺賞景，十分愜意。所以他的弟弟蘇轍以〈老子〉一書中的：「雖有榮觀，燕處超然」，取「超然」二字作為亭臺名。而蘇軾便由此發揮議論，作〈超然臺記〉。

範文

如何才能快樂

起頭技巧：建立疑問法

「快樂」是什麼？快樂就是能感受到幸福的滋味。每個人對快樂的感受度不同，有人要住豪宅、開跑車、吃美食、用名牌才覺得快樂；有人卻覺得居陋巷、安步當車、吃粗茶淡飯、用平價品也很快樂。有人須要熱情的掌聲來滿足自己才能快樂；有人卻覺得只要能埋首做事，努力付出，即使默默無聞也很快樂。

為什麼會有如此懸殊的差異呢？答案很簡單，在於是否知足。知足就能常樂，若不知足，欲望像無底的深淵，每天為了填飽飢渴的欲望，

作文撇步

首段以問句起頭，先提出問題，再從回答中緊扣主題。「有人要住豪宅、開跑車、吃美食、用名牌才覺得快樂；有人卻覺得居陋巷、安步當車、吃粗茶淡飯、用平價品也很快樂。有人須要熱情的掌聲來滿足自己才能快樂；有人卻覺得只要能埋首做事，努力付出，即使默默無聞也很快樂」，這段運用了「排比」和「映襯」修辭法。「欲望像無底的深

不斷的追求豪宅、跑車、美食、珠寶等名牌品，把自己攪得筋疲力盡，哪裡會快樂呢！

蘇東坡當年被貶至密州時，朝廷大臣都私下議論他，認為他到了那種蠻荒地方，再也無法豁達起來，一定天天愁眉苦臉。事實上，曠達又知足的蘇東坡到了當地，除了致力於為百姓謀福利外，閒暇之餘，便與三五好友登山賞景，他從大自然的美景中找到快樂。所謂「凡物皆有可觀。苟有可觀，皆有可樂，非必怪奇偉麗者也」，道盡了蘇東坡知足常樂的哲學觀。

快樂不見得就要建立在金錢、物質享受上，也不見得要掌聲如雷，更毋須要覽奇險偉麗的景色。人只要知足，觀一草一木也能從其獲得啟示，得到快樂。你說，是不是呢？

淵」，是「譬喻修辭」法。文中舉北宋大文豪蘇東坡為例，寫他被貶至蠻荒的密州時，仍達觀的過日子，因為他知足，知足就能快樂，再一次印證了主題。「便與三五好友登山賞景」，以「三」和「五」來代替所有相約登山的朋友數目，是「借代修辭」法的特色。

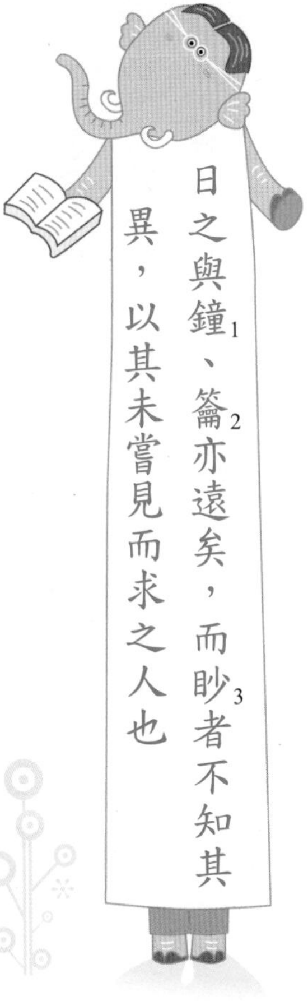

日之與鐘[1]、籥[2]亦遠矣，而眇[3]者不知其異，以其未嘗見而求之人也

原文節錄

生而眇者不識日，問之有目者，或（有人）告（告訴）之曰：「日之狀如銅盤（銅盤：商朝至戰國時代一種用來接水的銅器。大多數呈圓形，但也有少數呈長方形，淺腹、盤底、有三足，內裝飾烏龜、魚等紋樣。此泛指一般銅質的圓盤）。」扣（敲擊）盤而得其聲；他日聞鐘，以為日也。或告之曰：「日之光如燭。」

解釋

1. 鐘：指敲擊用來報時的鐘。
2. 籥：音ㄩㄝˋ，古樂器，形狀略像笛子，有三孔和六孔之分。
3. 眇：音ㄇㄧㄠˇ，兩眼皆失明。

譯文

太陽與鐘、籥的形狀差得太遠了，瞎子卻不知道這三者的區別，是因為瞎子從未見過太陽，只光聽人描述而已。

捫（音ㄇㄣˊ，撫摸）燭而得其形；他日揣（揣，音ㄔㄨㄞˇ，手持的意思）籥，以為日也。日之與鐘、籥亦遠矣，而眇者不知其異（異：差別），以其未嘗（未嘗：猶言沒有的意思。嘗：曾經）見而求之人也。

（北宋．蘇軾／日喻說）

典源

〈日喻說〉是一篇借用寓言來議論求道的方法，蘇軾寫此文是要送給老友吳彥律，勉勵他立志於孔孟、儒道之學。

本文將深奧的道理寓於詼諧的寓言中，是因蘇軾受莊子學說的影響。如何得道？無捷徑，唯有努力不懈的學習，親自體驗，才能自然得之，萬萬無法強求。

範文

我心目中正確的讀書方法

起頭技巧：往事回憶法

每年基測、學測、指考一結束，報紙常會採訪考滿級分的學生，詢問他們的讀書方法，提供大家參考。或許我們都認為那些考滿級分的學生，一定都是「燉補族」，放學後就窩在補習班，週末和星期日也窩在補習班「練功」，他們的漂亮成績是用補習費堆砌而來的。

其實，這種想法是錯誤的。我發現好幾位考滿級分的學生，根本沒有去補習，他們的共同點都是上課認真聽講，課後溫習，課前預習，遇有不懂處，一定打破砂鍋問到底。原來，鍥而不捨

作文撇步

作文題目「我心目中正確的讀書方法」，每個人認為的方法不盡相同，沒有特定的答案，只要把自己的見解寫出來，言之有物，言之有理就行。文中寫很多人都誤以為成績好的人一定天天上補習班，其實是錯誤的想法，再從這錯誤的想法中抒發主旨，提出自己的觀察和見解。「燉補族」是「借代修辭」法，指天天補習的學生，含有諷刺意味。

的學習態度才是正確的讀書方法。

這樣的體悟讓我想到「瞎子問日」的故事。瞎子沒見過太陽，當別人告訴他，太陽的形狀像銅盤，並敲擊銅盤而發出聲音，日後，瞎子聞到鐘聲，誤以為是太陽；又有人向他描述，太陽光像燭火，並讓他觸摸蠟燭，結果，下次瞎子摸到管籥時，還以為摸到太陽呢！

蘇軾聽到後，慨嘆的說：「日之與鐘、籥亦遠矣，而眇者不知其異，以其未嘗見而求之人也」，讀書也是如此，若光聽老師說，自己不肯下工夫練習，以為已經懂了，其實是一知半懂，甚至誤解了。唯有「認真學習，親自學習，反覆學習」，才是正確的讀書方法。

「他們的漂亮成績是用補習費堆砌而來的」，是運用「轉化修辭」法。「放學後就窩在補習班，週末和星期日也窩在補習班『練功』」、「認真學習，親自學習，反覆學習」，前著「窩在補習班」一詞隔句反覆出現，後者「學習」隔句接連出現，兩者均屬「類疊修辭」法中的「類字」技巧，都是「排比」句。

故凡不學而務[1]求道，皆北方之學沒者[2]也

原文節錄

南方多沒人（沒人：擅於潛水的人），日與水居也。七歲而能涉（涉：徒步渡水），十歲而能浮（浮：游泳），十五而能沒（沒：潛水）矣。夫沒者豈（豈：難道）苟然（隨隨便便）哉！必將有得于水之道（得于水之道：指掌握了水的規律）者。日與水居，則十五而得其道（得其道：指熟悉水性）；生不識水，則雖壯，

解釋

1. 務：致力；從事。
2. 沒者：即沒頂、滅頂，被水淹沒的人。後比喻災禍嚴重，奪人性命。

譯文

所以凡是不經由學習卻一心想求道的，都像北方人學潛水一樣，都會遭滅頂之災。

典源

見第一八二頁「日之與

見舟而畏（畏：害怕）之。故北方之勇者，問於沒人，而求其所以沒，以其言試之河，未有不溺者也。故凡不學而務求道，皆北方之學沒者也。

（北宋．蘇軾／日喻說）

鐘、籥亦遠矣，而眇者不知其異，以其未嘗見而求之人也」的典源。

範文

學習不能好高騖遠

起頭技巧：具體比喻法

學習就像種植幼苗，要經由除草、鬆土、播種、澆水，才能開花結果，少了任何一項都不行。偏偏有些人投機取巧，隨便做一做，或像古人「揠苗助長」般，屆時都無法享受甜美的果實。

學習的腳步要紮實，根要扎得深，扎得穩，最忌諱像「梧鼠技窮」，樣樣會卻樣樣不精；或不肯按部就班，循序漸進，果實還沒成熟就強摘下來。這種好高騖遠的心態，是學習路上的絆腳石，也是阻礙學習最大的敵人。

還沒學會走路，就想學會跳舞；還沒學會講

作文撇步

起頭將「學習」比喻成「種植幼苗」，是「譬喻修辭」法，藉由譬喻，再緊扣主題發揮。接著，引用「揠苗助長」和「梧鼠技窮」這兩句成語，來印證學習不能好高騖遠的道理。「這種好高騖遠的心態，是學習路上的絆腳石，也是阻礙學習最大的敵人」，將好高騖遠具體化，成了絆腳石，是「轉化修辭」法中的「虛擬為實」。「還沒學會走話，就想學會朗誦；還沒學會寫字，就想學會寫詩。想想看，這種急於表現，想一步登天的人，就是犯了好高騖遠的毛病，最後，往往是高不成低不就，成了「半吊子」。

所有的學問都須下過苦功，也許白了頭髮，累了身子，花了財力，只要你孜孜不倦的努力學習，所獲得的學問會猶如緊實的棉線，難以扯斷；相反的，若好高騖遠，則所學到的專業知識會很淺薄，猶如棉花糖，疏疏鬆鬆。

學習若好高騖遠會有什麼壞處呢？舉例來說，教你如何換氣、游泳，你卻覺得當救生員比較拉風，結果，還沒把人救上來，自己就溺斃了。這就像古人說的「故凡不學而務求道，皆北方之學沒者也」，著實令人深思呀！

路，就想學會跳舞；還沒學會講話，就想學會朗誦；還沒學會寫字，就想學會寫詩」，上述排比句中「還沒學會」、「就想」隔句接連使用，是應用「類疊修辭」法中的「類字」技巧。「白了頭髮，累了身子，花了財力」，「了」字隔句反覆出現，也屬「類疊修辭」法中的「類字」。

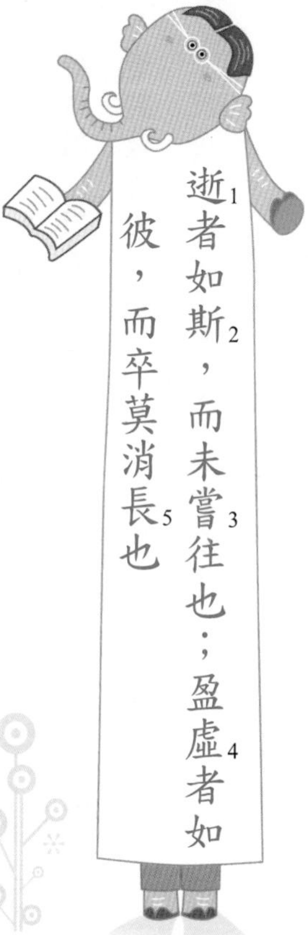

原文節錄

蘇子曰：「客亦知夫水與月乎？逝者如斯，而未嘗往也；盈虛者如彼，而卒莫消長也。蓋（表示對事物帶有推測性的判斷，相當於「大概」、「原來」等）將自其變者而觀之，則天地曾不能以一瞬（一瞬：一眨眼）。自其不變者而觀之，則物與我皆無盡也。而又何羨乎？且夫（作連接詞，「再說」的意思）天地

解釋

1. 逝：消失；消逝。
2. 斯：指人、事物、處所等，相當於「這」、「這樣」、「這裡」等。
3. 未嘗：不曾；未曾。
4. 盈虛：指月亮的圓和缺。
5. 消長：增減；盛衰。

譯文

江水總是像這樣不斷的流去，卻始終沒有消失。月亮有時圓有時缺，但是最後也沒有

之間，物各有主（事物都各自有其主宰），苟非吾之所有，雖一毫（一毫：比喻極小或很少）而莫取。惟江上之清風，與山間之明月，耳得之而為聲，目遇之而成色，取之無禁，用之不竭（竭：窮盡），是造物者之無盡藏也，而吾與子之所共適（適：玩賞）。」

（北宋·蘇軾／前赤壁賦）

消損和增長。

典源

蘇軾被貶至黃州時，與友人泛舟遊赤壁。當時的他心情是既痛苦又豁達，痛苦的是遭朝廷降職，有志難伸；豁達的是知足常樂，以開朗面對困境。蘇軾在這篇文章中，透過在秋夜下泛舟，以及與友人的對話，將深奧的哲理抒情化，文中並兼用敘事、繪景、議論手法，使人讀之意趣橫生，不覺莞爾。

範文

放開手才能擁有更多

起頭技巧：實際舉例法

每個人都喜歡擁有，害怕失去。有些人喜歡擁有掌聲，害怕冷清；有些人喜歡擁有珠寶，害怕貧困；有些人喜歡擁有被疼愛的感覺，害怕孤寂……因為汲汲的想擁有，所以雙手緊緊握住，恨不得自己有百雙手，千雙手，萬雙手，好可以握住更多，擁有更多，那一顆貪婪的心像吹脹的氣球，愈吹愈大，愈吹愈大……

緊緊的握住真的能夠永遠擁有嗎？恐怕未必吧！當你殷切的想擁有時，相對的就會付出更多，舉個例來說，當你想擁有掌聲時，你得不斷的努

作文撇步

「有些人喜歡擁有掌聲，害怕冷清；有些人喜歡擁有珠寶，害怕貧困；有些人喜歡擁有被疼愛的感覺，害怕孤寂……」，以上三句字數差不多，句法結構雷同，都是敘述相同的意思，這種修辭法就叫「排比修辭」法。「恨不得自己有百雙手，千雙手，萬雙手」，屬「層遞修辭」法中的「遞升」。「那一顆貪婪的心像吹脹的氣球，愈吹愈大，愈

力，努力的背面是膨脹的壓力，膨脹的壓力最終會攻擊你，導致你身心俱疲，甚至崩潰。

宇宙是生生不息的，並沒有所謂的「失去」，古人說：「逝者如斯，而未嘗往也；盈虛者如彼，而卒莫消長也」，江水雖不斷的流去，卻復而往返，始終沒有消失；月有陰晴圓缺，但是最終並沒有消損和增長。如果因為害怕失去，而緊握不放，抓住的僅不過是空氣罷了。相反的，若敞開心胸，攤開雙手，反而可以獲得更多，可以獲得舒暢的心靈，可以獲得更多的友誼，可以獲得更多的寶庫。

放開手才能擁有更多，試試看！千萬不要吝惜放開手，放開手的世界才能擁有更豐富，更璀璨的人生。

吹愈大……」，把貪婪的心比喻作吹得過脹的氣球，是「譬喻修辭」法；「愈吹愈大」一詞接連出現，為「類疊修辭」法中的「疊句」技巧。「你得不斷的努力，努力的背面是膨脹的壓力，膨脹的壓力最終會攻擊你」，上述文句的「努力」、「膨脹的壓力」分別是前一句的句尾和下一句的句首，這種修辭法就叫「頂真修辭」法。

外實[1]而內虛[2]，煙多而焰[3]少

原文節錄

有一個秀才（明清時專指入縣學讀書的學生）去買材，他對賣材的人說：「荷薪者（擔材的人）過來！」賣材的人聽不懂「荷薪者」三個字，但是聽得懂「過來」兩個字，於是把材擔到秀才前面。秀才問他：「其價如何（木材的價錢是多少呢）？」賣材的人聽不太懂這句話，但是聽得懂「價」這個字，於是就告訴秀才價錢。秀才接著說：「外實而

解釋

1. 實：裡面飽滿，沒有空隙。
2. 虛：空無所有。與「實」相對。
3. 焰：火苗。

譯文

木材表面是乾燥的，裡頭卻很潮溼，燃燒時，會產生許多濃煙，火焰反而很微弱。

典源

明代中後期，有許多富寓

內虛，煙多而焰少，請損之（請減些價錢吧）」賣材的人因為聽不懂秀才的話，於是擔著材離開了。

（明朝・趙南星／笑贊）

言的笑話，其內容深具戲劇性，詼諧性，以戲而不謔的方式來調侃那些賣弄學問、拍人馬屁、結黨營私、貪得無厭、附庸風雅等等社會現象，雖是笑話，卻予沉重的批判。

範文

秀才買材故事擴寫

起頭技巧：開門見山法

古時候有一個喜歡咬文嚼字的秀才，明明一件很簡單的事，幾個字就可以交代清楚，他卻裝腔作勢，刻意講得文謅謅，搞得對方是丈二金剛。——摸不著頭腦。這天，秀才的妻子吩咐他去市集買些木柴回來。「記住，只要問多少錢就好，其他廢話不必多說。」秀才的妻子唯恐他又「之乎者也」的長篇大論，把小販惹惱了，不賣他木柴，今天就沒法子升火煮晚餐了。

「吾知也！吾知也！」秀才喃喃自語，搖頭晃腦的出門了。走呀走，約半個小時來到了市集，

作文撇步

作文題目是「秀才買故事的擴寫」，屬於情境式作文，既然是擴寫，會先提示一段文字，請根據這段文字來擴充其內容。須注意的是，「擴寫」不是翻譯，也不能違背原文旨意，自導自演，須在掌握原文旨意下，豐富其故事性。「明明一件很簡單的事，幾個字就可以交代清楚，他卻裝腔作勢，刻意講得文謅謅」，這段是應用「映襯修辭」法的技巧

秀才一眼就看到有人扛著木柴叫賣。「荷薪者過來！」小販一聽「過來」，會意對方想買木柴，便走了過去。「其價如何？」秀才開口問道。

「咦？」小販一頭霧水，但是頗機靈的他聽到「價」，便講了個金額。

秀才皺了皺眉頭，摸了摸木柴，瞧了又瞧，才說：「外實而內虛，煙多而焰少，請損之。」小販見秀才嘰哩咕嚕的講了一大串深奧難懂的話，頓時傻眼了，不知如何回應。

「請損之，何如？」秀才見小販不說話，以為他在考慮，便進一步問。誰知小販也皺了皺眉頭，扛起木柴，頭也不回的快步走了。

秀才見狀，趕忙喊道：「留步！留步！」無奈小販連理也不理他呢！

來強調秀才愛咬文嚼字。「丈二金剛。——摸不著頭腦」，是「藏詞修辭」法，也就是說話時，故意隱藏部分語詞。「皺了皺眉頭，摸了摸木柴」，是「對偶」句，屬「類疊修辭」法。「嘰哩咕嚕」是狀聲詞，形容聽不懂對方說的話。

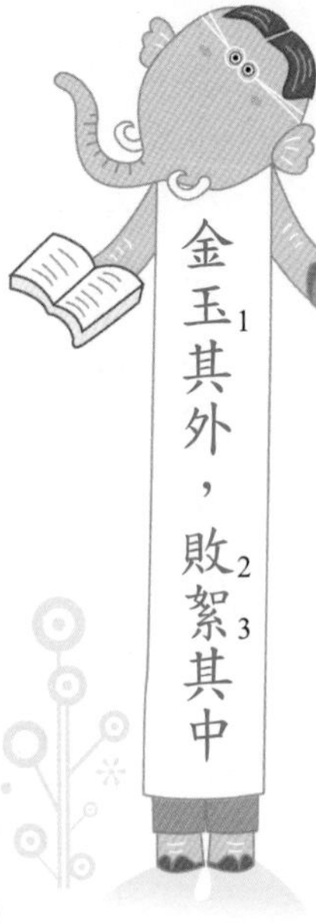

金玉[1]其外，敗[2]絮[3]其中

原文節錄

峨（高聳）大冠、托長紳（紳：大帶）者，昂昂（器宇軒昂狀）乎廟堂之器也，果能建伊皋（伊皋：指商湯的大臣伊尹和舜帝時管刑法的大臣皋陶）之業（業：功績）耶？盜起而不知御（御：抵禦，同「禦」），民困而不知救，吏姦而不知禁，法斁（斁：音ㄉㄨˋ，敗壞）而不知理（理：治理），坐糜（糜：音ㄇㄧˊ，消耗）廩粟（音ㄌㄧㄣˇ ㄙㄨˋ，公家庫藏的米糧）而不知恥。觀其

解釋

1. 金玉：黃金寶玉。
2. 敗：破爛；破舊。
3. 絮：粗絲綿。

譯文

外表像黃金與珠玉般光彩美麗，內部卻盡是破爛的棉絮。形容外表美好而內質破舊敗壞。

典源

這是一篇有名的寓言，敘

坐高堂（高堂：高大的廳堂）、騎大馬，醉醇醴（醴：音ㄌㄧˇ，美酒）而飫（飫：音ㄩˋ，飽食）肥鮮者，孰不巍巍（巍巍：音ㄨㄟˊㄨㄟˊ，崇高偉大）乎可畏，赫赫（音ㄏㄜˋㄏㄜˋ，顯赫盛大）乎可象（象：取法）也？又何往而不金玉其外，敗絮其中也哉！

（明朝．劉基／賣柑者言）

述有個賣水果的小販，他所賣的柑又大又美又甜，人們都爭相搶購。有人也慕名買了一個，卻發現裡頭的果肉都乾枯的像破棉絮一樣，於是他質問小販，為什麼要做這種騙人的勾當。但是賣柑的小販很不以為然，他舉出朝廷大臣個個領庫銀，住大房子，喝美酒，外表看起來威風凜凜，實際上毫無作為。買柑的人被說的啞口無言，默默離去。

範文

賣柑者言故事擴寫

起頭技巧：開門見山法

京城的市集裡有個賣柑的小販，他販售的柑又大又甜，很受人們喜愛，於是一傳十，十傳百，百傳千，很多人千里迢迢，披星戴月的慕名而來，為的就是能買到甜美的柑。

有個喜歡吃柑的讀書人，也聽說了這件事，他向人打聽了市集的所在處後，打包了行李，連夜趕路出門了。星星在鋪滿黑絨布的夜空，眨呀眨眼睛，好像也很好奇真的有這麼甜滋滋的柑嗎？經過一夜的奔波，讀書人總算在清晨趕到了市集，也順利的找到那個遠近馳名的賣柑小販。雖然小

作文撇步

這篇也屬擴寫式的作文題目，取材自劉基的「賣柑者言」，下筆前須先了解原文的意思，才能以原文為藍本，添加劇情，讓故事更具張力。

「一傳十，十傳百，百傳千」，其中的「十」和「百」分別是前一句的句尾，下一句的句首，這種修辭法就叫「頂真修辭」法、「頂真格」，因從一寫至百，所以也有「層遞修辭」的技巧。「很多人千里

販才剛開始作生意，攤子前卻已經圍滿了人，讀書人在萬頭攢動中，使出吃奶的力，才搶買到一粒柑。

「太好了，總算買到了。」讀書人心滿意足的剝開了柑，卻發現裡頭的果肉又乾又癟，像破棉絮。他氣不過，便去找小販理論，質問他為什麼不老實。誰知小販不以為然的辯答：「我不老實？那麼請問朝廷那些大臣個個領庫銀，住豪宅，喝美酒，外表看起來威風凜凜，實際上毫無作為，他們就老實嗎？哼，還不是像這柑一樣『金玉其外，敗絮其中』，為什麼你就不抗議？」

讀書人被小販說得啞口無言，只好悶著頭回去了。

迢迢，披星戴月的慕名而來，為的就是能買到甜美的柑」，該句雖是闡述事實，卻含有詩張意味。「星星在鋪滿黑絨布的夜空，眨呀眨眼睛」，是應用「轉化修辭」法中的「擬物為人」。「讀書人在萬頭攢動中，使出吃奶的力，才搶買到一粒柑」，誇大費了許多勁才買到柑，這種誇大形容的寫法，叫「誇飾修辭」法。

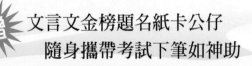

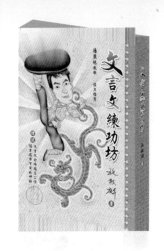

中小學生
古典詩歌故事

為中小學生的古典詩歌學習打基礎

審　　訂：潘麗珠 教授 總審訂
書　　號：1AB9
頁　　數：240頁
裝　　幀：25開本/平裝加透明亮面精美書套 / 雙色印刷
版　　次：99年7月初版1刷
定　　價：320元

贈 詩歌吟誦 MP3

本書介紹：

這是一本專門為中小學生的古典詩歌學習奠定基礎的書，除了詩歌故事外，還搭配了原文的文意介紹，加上生難字詞解釋、翻譯和賞析。所收錄的作品，都是膾炙人口的傑作，例如：崔顥的〈黃鶴樓〉、張繼的〈楓橋夜泊〉、李煜的〈虞美人〉、岳飛的〈滿江紅〉……，從戰國時代到清朝，涵蓋了詩、詞、曲的範圍，相當豐富。

100文言文經典名句+15修辭技巧／彭錡蓁著.

－－初版. －－臺北市：五南，民100. 08

面；公分

精華版

ISBN 978-957-11-6294-2 (平裝)

1.漢語　2.作文　3.格言

802.7　　　　　　　　100009114

國家圖書館出版品預行編目資料

100文言文經典名句+15修辭技巧 精華版

作　　者　彭筠蓁
總 編 輯　龐君豪
執行主編　黃文瓊
封面設計　吳佳臻

出 版 者　五南圖書出版股份有限公司
發 行 人　楊榮川
地　　址：106 台北市大安區
和平東路二段三三九號四樓
電　　話：〇二－二七〇五五〇六六（代表號）
傳　　真：〇二－二七〇六六一〇〇
郵政劃撥：〇一〇六八九五－三
網　　址：http://www.wunan.com.tw
電子信箱：wunan@wunan.com.tw

顧　　問　元貞聯合法律事務所　張澤平律師
版　　刷　中華民國一〇〇年八月初版一刷
定　　價　二三〇元